suhrkamp nova

Elisabeth Rank

Und im Zweifel für dich selbst

Roman

Suhrkamp

Umschlagzeichnung: Elisabeth Moch

suhrkamp taschenbuch 4143
Erste Auflage 2010
Originalausgabe

Druck: CPI – Ebner & Spiegel, Ulm
Printed in Germany
Umschlag: Josefine Rank
ISBN 978-3-518-46143-3

1 2 3 4 5 6 – 15 14 13 12 11 10

Und im Zweifel für dich selbst

How close I am to losing you.
The National

Wenn du dann aus der Tür bist, ist die Realität ohne dich, mein Leben ohne dich. Die Kissen liegen zerfleddert über der Bettdecke. Hier und da ein Haar auf dem Überwurf, der sich dazwischen schlängelt wie ein Fluss, Flecken auf dem Laken. Auch die Wasserflasche ist noch ohne Deckel, der daneben auf dem Boden liegt, das war ein Durst letzte Nacht oder zwei, als du noch neben mir gelegen und deine Hand auf mein Ohr gelegt hast, als ein Krankenwagen vorbeifuhr mit lauter Sirene. Das Geräusch stückelte den Morgen in drinnen und draußen. Einen Kuss auf die Haare, im Halbschlaf noch reden, ein Fenster wird vom Wind zugeschlagen, das hier ist drinnen.

Von Wetter kann nicht die Rede sein, wenn du gehst. Jedes Mal ist Weltuntergang. Und wir wissen meistens noch nicht, wann wir uns wiedersehen, aber dass wir es tun, das ist gewiss.

Das plötzliche Umschalten von einem Leben ohne dich zu einem Leben mit dir ist nicht möglich. Das bekomme ich nicht auf die Reihe, obwohl ich immer wieder übe, mich versuche. Ich versuche zu arbeiten, etwas zu tun, mich abzulenken, aber meistens gehe ich doch nur herum, ein paar Schritte durch die Wohnung, stelle das benutzte Geschirr in die Spüle, lasse warmes Wasser darüber laufen, blicke durch das Fenster in den Hof. Das Wasser läuft über den Tellerrand, während ich ins Bad gehe, dein Handtuch vom Haken auf den Boden werfe, zwei deiner Haare vom

Badewannenrand nehme. Meine Zahnbürste liegt noch neben der Seife. Du schnurrst, wenn du duschst, blickst dabei an die Decke, während das Wasser unterhalb deines Kopfes den Abstieg beginnt.
Deine Zahnbürste ist weg. Es folgt ein Blick in den Spiegel, auf die Fliesen hinter mir, sonst ist dort dein Gesicht, dein Oberkörper bis zur Brust, jetzt sehe ich nur, dass ich mal wieder putzen sollte. Niemand lacht. Und ich verlasse das Bad, gehe durch den Flur. Der Haufen Schuhe ist kleiner geworden, an der Garderobe ist wieder mehr Platz, das fällt nur mir auf. Wenn ich nachts auf die Toilette gehe, während du schläfst, rieche ich manchmal an deiner Jacke, weil das immer ist, als wärst du gerade erst gekommen, als wären wir noch ganz am Anfang einer eigens für uns abgezäunten Zeit mit einem Hauch Hausflur und Außenluft und Arbeitswoche darin. Auf der Kommode liegen noch ein paar Kassenzettel, in deren Liste der Dinge manches, was nur du isst. Das wir nur gemeinsam kaufen. Und wenn wir essen waren, dann ist der Blick auf den Bon wie ein Blättern durch den Abend. Ich werfe ihn in den Papierkorb. Der Sofabezug ist verrutscht, darauf ein paar Krümel vom Kuchen, davor noch die Schwelle zu meinem Zimmer, wo du mein T-Shirt hochgeschoben hast mit deinen kalten Händen. Und zwei Socken liegen noch unter dem Stuhl. Für das nächste Mal. Fusseln auf dem Teppich von der Wolldecke, die DVD noch im Player – vielleicht bleibt sie dort, bis du wiederkommst. Und dann setze ich mich auf den Schreibtischstuhl, den ich nie benutze, wenn du da bist, das Wetter spielt noch immer verrückt, und immer ist es falsch. Manchmal, da regnet es

schräg auf die Dächer, die dann den Himmel spiegeln. An der Wand hängt der Kalender, dessen Blätter ich immer vergesse abzureißen. Und um mich zu verorten, schiebe ich ein paar Stifte und Papiere auf dem Schreibtisch hin und her, lege Ordner übereinander, finde ungeöffnete Briefe, öffne sie nicht, sondern stapele sie nur, sodass die Ecken bündig abschließen. Meistens beschließe ich zu putzen, dich und mich ein bisschen aufzuräumen damit, neue Luft ins Zimmer zu lassen, morgen übermorgen überübermorgen. Ich sehe das Telefon blinken und drehe mich auf dem Schreibtischstuhl von ihm weg, ich will das nicht sehen, es drängelt und hetzt mich, es sind noch zwei Fliegen mit mir im Zimmer. Die eine versucht, sich auf mein Auge zu setzen, die andere fliegt Zacken um die Lampe. Und manchmal, da sind nicht einmal Fliegen da. Es gibt keinen Ton im Drinnen und das Draußen ist weit weg, keine Musik. Ich lehne mich dann an die Wand, die einfach nur schaut ohne eine Mimik.
Ich lehne mich an und warte, bis das Licht sich verändert.

1

Von einem Husten wachte ich auf. Meine Wimpern waren verklebt, augenblicklich spürte ich einen stechenden Schmerz in meinem Nacken. Meine Füße standen auf einer völlig verdrehten Gummimatte. Langsam richtete ich mich auf, öffnete die Augen, knackte mit den Fingern und fragte mich, wo ich war. Die Sonne schien mir direkt ins Gesicht. Die Luft im Auto war stickig. Meine linke Hand tastete nach der Autotür und drückte sie auf. Nach einem tiefen Atemzug klappte auch die Orientierung besser, ich steckte den Kopf ins Freie und stellte meine Füße in Socken auf den Rasen. Keuchend stand ich auf, in meinem ganzen Körper knackte es, alles schien sich wie getrockneter Kaugummi nur mühsam auseinander ziehen zu lassen.

Das Wetter war okay, weiter hinten häuften sich die Wolken wie auf Postkarten, das nächste gelbe Rapsfeld war nicht weit entfernt, aber ich fragte mich, wo Lene war. Als ich um das Auto herum ging, piekte es durch den Stoff hindurch in meine Fußsohlen. Die Sache mit dem Gleichgewicht war noch nicht so leicht, ich wankte ein wenig. Und auch das Abstützen auf der Motorhaube war keine gute Idee, denn die war heiß geworden unter der Sonne. Im Gebüsch neben dem Auto raschelte es, aber ich konnte nichts erkennen. Hinter den Büschen lag ein Waldstück. Wir hatten neben einer Landstraße geparkt, die leer in der Gegend lag. Seit meinem Aufwachen war noch kein Auto an uns vorbeigefahren. Ein paar hundert Meter entfernt stand ein gekachelter Verschlag, eine Bushaltestelle vielleicht, zwei Beine guckten daraus hervor. Eine Stange, an der mal der Fahrplan gehangen haben mochte, steckte schräg davor im Boden.

Lene hatte mich kommen hören und schaute kurz auf, als ich mich an die kühlen Kacheln lehnte. »Bist du schon lange wach?«, fragte ich sie und wunderte mich über meine Stimme, die so klang, als hätte ich ewig nicht gesprochen, als sei sie in dieser Zeit verrutscht, irgendwie tiefer als sonst und verraucht. Lene zuckte nur mit den Schultern, und ich setzte mich neben sie auf die Plastikschalensitze. Die waren noch kühl, das konnte ich durch die Hose hindurch spüren. Ich zog die Socken aus, die Baumwolle juckte an den Zehen. Lene war auch barfuß. In den Händen hielt sie ihr Mobiltelefon. »Hat jemand angerufen?«, fragte ich, legte meinen Kopf auf ihrer Schulter ab und spürte, wie unruhig sie atmete. Sie legte das Telefon auf mein Knie, das Display leuchtete auf. Drei Nachrichten waren auf der Mailbox, 24 unbeantwortete Anrufe. »Hast du sie schon abgehört?« Lene nickte. Ich war etwas ratlos, ich kam mir blöd vor mit meiner Fragerei, vielleicht hatte Lene ihre Stimme heute morgen auch ausprobiert und sich erschreckt, man konnte es ihr nicht verdenken. »Hör's dir an«, flüsterte sie. Sprechen konnte sie also noch, und ich drückte den grünen Knopf, während vor uns ein kleiner Lieferwagen die Straße entlang juckelte. Ich war aufgeregt, ich wollte das eigentlich nicht hören, aber einfach sagen »Du, lass mal« ging auch nicht. Also hielt ich das Telefon an mein Ohr. Ich hörte erst eine dieser elektronischen Frauenstimmen, langsam und abgehackt nannte sie mir Lenes Nummer, dann folgte ein Piepton, danach rauschte es. Lenes Mutter rief: »Mein Liebes. Wo bist du? Ich habe mit Vince telefoniert – ich war sogar schon bei euch zuhause, aber er wusste auch nicht, wo du bist. Ich hoffe, es geht dir gut, meine Liebe. Komm bitte nach Hause, wir machen uns große Sorgen – der Papa will dir auch noch etwas sagen.« Es knackte, sie gab das Telefon wohl in eine andere Hand und die Stimme jetzt war auch viel rauer und nicht so aufgeregt, klang aber genauso besorgt: »Wir sind jetzt zuhause, hörst du? Bitte melde dich bei uns. Wir kriegen das hin. Ja?« Wieder der Piepton, die Roboterfrauenstimme kündigte die nächste Nachricht an, dann die Stimme von Vince. »Lene. Komm nach Hause. Deine Mutter war auch schon da. Und Tonia erreiche ich auch nicht. Ruf an, ich bin da für dich.« Vince hatte also versucht, mich zu erreichen, mein Handy war aus. Piepton. Die Stimme, die folgte, kannte ich nicht. Ein Mann sagte leise: »Lene, ich bin's … Ernst. Wir sind jetzt wieder zuhause, falls du vorbeikommen möchtest. Es wäre schön – wir … Du kannst immer hier sein.« Dieses Mal folgten zwei Pieptöne. Und als danach Tims Stimme ertönte, stockte mir der Atem. »Liebste«, kam aus dem Hörer. Ich sah Lene an.

Tim war gestern gestorben.

Ein Tropfen fiel auf mein Schlüsselbein. Ich ließ das Telefon sinken, schaltete es aus, schaute nach vorne auf den flimmernden Asphalt. Lene zog die Nase hoch. »Ich habe das heute schon zehnmal gehört oder so. Er hat abends noch mal angerufen, wir hatten uns ja zum Frühstück verabredet und ich dachte dann, das löscht sich von allein. Und dass er dann am nächsten Morgen vor meiner Tür steht. Ich dachte ja, dass er dann einfach da ist und ich nicht an einer Bushaltestelle in der Pampa sitze und diese Nachricht nicht löschen kann, obwohl mich die Frau da das auch schon zehnmal gefragt hat. Ich kann's nicht. Das ist doch der ganze Rest.«

Hitze stieg von meinen Wangen in meine Stirn. Ich war zu spät. Es würde nichts bringen zu versuchen, jeden Morgen vor Lene aufzuwachen. Wie hält man das aus: aus Versehen eine Nachricht vom eigenen Freund zu hören, der gerade gestorben war. Ich hatte immer gedacht, so was könne gar nicht passieren. Uns jedenfalls nicht.

Dort, wo das kleine Stück Himmel zu einer großen blauen Fläche mit weißen Schlieren geworden war, wo eine gerade Linie den Wald von einem Feld trennte, wo es leicht bergauf ging, holte ich Lene ein. Sie war losgerannt, barfüßig auf dem Asphalt. Und von hinten sah sie ein bisschen aus wie ein bockiges Kind mit den verstrubbelten Haaren, ohne Schuhe und dem Kleid, das als roter Fleck in der Landschaft hin und her wippte. Ich packte sie an der Schulter, drehte sie um und legte meine Arme um sie. Ihr zierlicher Körper bebte und zuckte, als spannte sie jeden Muskel an, und schlimmer war, dass sie wimmerte und etwas sagte und Rotz und Wasser heulte und ich nichts verstand. Sie stampfte mit den Füßen auf, knickte den Oberkörper ein, als wehre sie sich gegen sich selbst, warf ihre Arme umher, an deren Enden ihre geballten Fäuste hingen. Ihre Zehen krallten sich in die raue, trockene Erde, sie wand sich aus meinen Armen. Ich versuchte sie festzuhalten, heulte auch, und wir müssen seltsam ausgesehen haben, nicht miteinander kämpfend, aber doch ringend um Luft und Fassung. Da begann Lene, Erdklumpen vom Boden aufzuheben und weit auszuholen, sie warf und schrie und fiel zwischendurch von ihrem eigenen Schwung auf den Boden. Als sie sich aufrappelte, waren ihre Knie nicht mehr rot, sondern braun, und ich erinnerte mich an ein Foto von ihr, das ich in einem Fotoalbum gesehen hatte auf dem großen, pompösen Sofa im Wohnzimmer ihrer Eltern. Die Bilder waren sorgfältig eingeklebt, und eines davon zeigte Lene als kleines Mädchen mit zwei senkrecht vom Kopf abstehenden Zöpfen. Sie hatte gerade ihre Milchzähne verloren und stand in einem gelben Florida-T-Shirt und einer kurzen Hose in einer riesigen Matschpfütze auf dem Hof ihrer Großeltern, neben ihr ein Huhn. Zahnlos und stolz grinste sie in die Kamera, die dreckigen Hände wie zwei kleine Pokale weit von sich gestreckt, die mit Schlamm beschmierten Knie ordentlich durchgedrückt und den Bauch nach vorn gestülpt. »Schmutzfink« hatte ihre Mutter in Schönschrift und mit einem dicken i-Punkt neben das Bild geschrieben. Diese Mädchenschrift hat Lene von ihr, die dicken O's und A's und die i-Punkte, die eher Kringel waren und mit denen man sie in der Pubertät so wunderbar aufziehen konnte, weil sie sich immer eine schräge, grazile Schrift gewünscht hatte. Sie übte eine Zeit lang jeden Tag dafür, schaute sich Schriften von anderen ab, hielt aber nie lange durch. Irgendwann hörte sie auf damit, auf jeder Postkarte aus dem Urlaub ein Spektakel an Schriftübungen zu veranstalten, und malte von nun an einfach noch ein paar mehr Kringel rund um den Text, damit die i-Punkte nicht mehr so auffielen. Jetzt stand sie mit staubigen Füßen und Schienbeinen da und konnte nicht mehr, aber wenigstens war sie nicht mehr ganz so blass. Wir gingen zurück zum Wagen, sie setzte sich auf den Beifahrersitz, ihr oder mein Bauch machte ein lautes Geräusch. Als wir zurück auf die Straße fuhren, holperte es, die Kiesel knirschten unter den Autoreifen. Lene hatte die Augen geschlossen, als ich nach kurzer Zeit an einer Tankstelle hielt.

Ich parkte, atmete zweimal ein und aus und strich ihr dann ein paar Haare aus dem Gesicht. Sie öffnete die Augen nicht, sagte aber: »Geh schon mal vor. Ich komm gleich nach.« Den Autoschlüssel zog ich ab und ließ ihn auf meinem Sitz liegen. Wind wehte, ein paar Jugendliche saßen auf einer Stufe vor den Toiletten der Raststätte. Vor ihnen rannte ein Dackel hinter einem roten Wollfaden her, den ein Junge in der Hand hielt. Am Halsband des Dackels war eine kleine Glocke befestigt, die bimmelte, wenn der Hund in der Kurve einen Satz machte. Ich registrierte alle Bewegungen in meinem Blickfeld mechanisch und nur halb, sortierte sofort nach wichtig und unwichtig, behielt die vorgegebene Strecke bei, Bereitschaft war jetzt meine Aufgabe, ich musste wach, aufmerksam und flexibel sein. Einfach da. Die Autobahn rauschte im Hintergrund, aus einer Tür kam ein dicker Mann ohne Unterhemd. Ein Rest Rasierschaum hing noch an seinem Kinn. Wir sahen uns direkt in die Augen, dann schaute ich weg. Als ich mich noch einmal umdrehte, war er verschwunden. Hinter der elektronischen Schiebetür stand ein kleiner, blauer Automat, der nach Einwurf von Geld Plastikmünzen für die Duschen ausspuckte, aber ich hatte kein Handtuch und auch irgendwie keine Lust auf fremde, nackte Menschen. Also schaute ich in die Regale, die links und rechts meine Leitplanken bildeten, stand eine Weile ratlos vor den Magazinen und Zeitschriften herum und entschied mich endlich für ein paar Schokoriegel und ein bisschen Obst, für das ich ein kleines Vermögen ausgab. In der Schlange zur Kasse stand der Typ von eben plötzlich hinter mir, tippelte mit seinem Fuß nervös auf dem Boden herum und zwinkerte mir grinsend zu. Ich bezahlte hastig und verließ den Laden. Als ich um die Ecke auf den Parkplatz bog, sah ich Lenes Beine aus dem offenen Kofferraum baumeln. Ich setzte mich zu ihr, sie hatte die Sitzbänke zurückgeklappt und eine Decke drüber gelegt. »Man kann hier auch schlafen zur Not«, meinte sie, nachdem sie kurz aufgesehen und dann auf dem Rücken liegend die Arme wieder über dem Gesicht verschränkt hatte. »Ich schlaf lieber ohne Publikum«, meinte ich und sah mich noch einmal nach dem Typen um. Aber außer den Jugendlichen und dem klingelnden Dackel war kaum jemand zu sehen. Ich atmete auf, Lene fragte, ob alles okay sei, und ich nickte nur und legte mich dann zu ihr. »Apfel?«, fragte ich und packte einen Schokoriegel aus. Aber Lene lehnte ab und so lagen wir einfach im Auto und rauchten. Die Zeit verging und Autos kamen und fuhren wieder davon und manchmal schrien Mütter nach ihren Kindern. Schritte trippelten über den Asphalt, Tüten und Taschen raschelten, hin und wieder übertönten Lastwagen dröhnend alles andere, manchmal dudelte im Hintergrund ein Autoradio. Langsam dämmerte ich weg. Als ich aufschreckte, war Lene fort. Die Äpfel lagen noch unangetastet an der Stelle, wo ich sie vorher abgelegt hatte, aber das Licht hatte sich verändert. Plötzlich wimmelte es nur so von Menschen auf dem Rastplatz, ich fiel nicht auf dazwischen, ich war vielleicht gar nicht da.

Als ich erneut die Tankstelle betrat, erschrak ich. Die Musik war viel lauter als vorher, sie brandete mir entgegen, und ich blieb direkt hinter der automatischen Tür stehen, sodass diese immer wieder auf und zu ging. Wir hatten bisher kein

Radio gehört, hatten keine CDs oder Tapes dabei, und ich war gar nicht auf die Idee gekommen, meinen MP3-Player einzupacken, als Lene mich abgeholt hatte. Man denkt nicht an Melodien oder Lieder oder Zeitvertreib, wenn so was passiert, jedenfalls nicht sofort. Und nun stand diese kleine, blonde Frau mit den Ringellocken, der Schirmmütze und dem passenden Polohemd hinter dem Tresen, sortierte Zigarettenschachteln in die Fächer und summte das Lied mit, das gerade lief. Keiner achtete auf sie, aber sie tänzelte hin und her, wackelte mit den Hüften, schnippte mit den langen, weißen Fingernägeln auf jede Packung, die sie in das Regal gesteckt hatte, und konnte zwar nicht den ganzen Text, aber immer wieder ein paar Fragmente mitsingen. Es war irgendein R&B-Song, einer von denen, die ich nie auseinander halten kann. Aber eben auch einer von denen, die man aus Versehen summt, die einen manchmal sogar tagelang verfolgen, bis man vor sich selbst erschrickt. Eines von den Liedern, die eigentlich keinem weh tun. Plötzlich spürte ich Lenes kalte Hand an meiner. Sie drückte zu, und ich wusste sofort, was sie meinte.

2

Wir waren am Donnerstag losgefahren. Ich hatte am Vormittag meine letzte Klausur geschrieben, erst danach schaltete ich das Handy an und sah, dass Lene siebzehn Mal versucht hatte, mich zu erreichen. Die Nachricht auf der Mailbox hörte ich erst ab, als ich schon von der Uni nach Hause gefahren war, mir eine Tiefkühlpizza gekauft und in der Wohnung meine Jogginghose angezogen hatte. Lene nannte zuerst die Uhrzeit, dann sagte sie, dass sie zuhause sei. Sekundenlange Stille, lautes Atmen. »Tim hatte einen Unfall«, sagte sie dann. »Er lebt nicht mehr.« Dann legte sie auf. Ich hatte die Pizza gerade aus dem Karton geholt, vergaß sie aber, noch in Klarsichtfolie eingeschweißt, auf dem Schuhschrank und suchte das Festnetztelefon. Es lag im Bad neben der Wanne, ich setzte mich auf den Wannenrand, meine Hände zitterten. Im meinem Kopf flirrten tausend Bilder herum, alle in Farbe und übereinander, als spule jemand in einem Affenzahn einen Film rückwärts ab. Unfallszenarien. Ich sah Lene und ich sah Tim, aber ich brachte die Bilder nicht zusammen. Im Hof plärrten Amseln um die Wette, der Straßenlärm wurde von der Fassade verschluckt, irgendwo hörte jemand Flamencomusik bei offenem Fenster. Lenes Nummer war eine der wenigen, die ich ganz am Anfang in den Speicher des Telefons eingegeben hatte. Mein Großvater hatte es mir zum Einzug geschenkt, ich kam genau zu vier Nummern. Ihre wäre mir jetzt nicht eingefallen.

Als Lene ranging, hörte ich, dass sie geweint hatte. Und ihre roten Wangen, ihren Finger an einer Haarsträhne, ihre Fingernägel, die ihre Schienbeine aufschabten, hörte ich auch. Wie Stifte auf Papier. Ich hörte, wie sie während unseres Telefonats in der Wohnung herumging und wie sich ihre Füße von den Dielen hoben, dass es unordentlich war in ihrem Zimmer, weil sie gegen ein paar Dinge stieß, irgendwo drauftrat oder etwas beiseite schob. »Ich fahre weg. Kommst du mit?«, sagte sie, und ich wusste nicht, ob sie das ernst meinte, wohin sie wollte. Aber ich musste sie sehen. »Wenn du das willst, fahre ich mit.« – »In zwanzig Minuten bin ich bei dir«, sagte sie und hatte schon aufgelegt, bevor ich noch etwas erwidern konnte. Mein Herz schlug mir bis zum Hals, ich rief meine Mutter an, erklärte ihr die Lage, so gut es ging (es ging nicht gut), wich aber den Fragen aus, denn ich hatte selber keine Antworten. »Ich melde mich«, war meine Verabschiedung, und ich wusste, wie verdutzt sie schaute, und dass sie in Sorge war. Sie kannte Lene, seit wir uns mit acht Jahren in der Malgruppe angefreundet hatten. Kurz überlegte ich, Friedrich anzurufen, aber dann suchte ich die rote Tasche und vergaß es. Ich griff ein paar Sachen und stopfte sie hinein. Meine Salbe vergaß ich, obwohl es in den Armbeugen anfing zu jucken. Ich hatte nicht die geringste Ahnung, was in einem Menschen vorgeht, der seine große Liebe verliert.

Sie parkte in der zweiten Reihe, und ich konnte schon von der Haustür aus sehen, wie schwer es ihr fiel, aufrecht zu sitzen, den Kopf oben und die Augen offen zu halten. Sie hatte Striemen an den Wangen, kleine rote Streifen, wie man sie bekommt, wenn man mit den Fingern ein bisschen zu lange ein bisschen zu fest auf der Haut entlang fährt. Sie stieg nicht aus, ich hatte das Auto vom Balkon aus kommen sehen. Ein bisschen umständlich kletterte ich auf den Beifahrersitz, stellte meine Tasche in den Fußraum und beugte mich über die Handbremse zu ihr herüber, strich ihr die

Haare weg vom Hals irgendwohin, hinter den Ohren blieben sie nicht. Es war schwer, sie zu umarmen, wie sie da saß, einfach in den Fahrersitz gefallen, den Blick starr nach vorne gerichtet, die Hände lose neben dem Körper, man sah es ihr an, alles. Ich hatte die Stangen der Kopfstütze an der Nase, als ich sie festhielt, und nahm den Geruch des Metalls wahr. Nur kurz schaute sie zwischendurch zur Seite durch ihre dichten Wimpern. »Wenn das Tier tot ist, bricht der Blick.« Ich verstand sie kaum und fragte nach: »Was?« – »Mein Opa hat das gesagt, als ich mal mit ihm draußen im Wald war bei dem Hochsitz. Wenn das Tier tot ist, dann bricht der Blick.« Das Klicken der Warnblinkanlage drängelte, ich schaltete sie aus, Lene ließ ihren Kopf nach vorne fallen, ein paar Tränen tropften auf ihre Knie. Man hörte gar nichts. Irgendwie hatte ich es für möglich gehalten, sie wütend und aufgebracht zu erleben, stampfend und polternd, laut und schluchzend, aber sie war einfach still. Und mir fielen keine Worte ein. Der Atem ging ruhig und draußen sausten Straßenbahnen und Busse unbehelligt an uns vorbei. Menschen liefen, beeilten sich, ein Hund jaulte, ein zweiter kam dazu.

»Vielleicht sollte ich den mal anschauen lassen«, sagte sie, als wir aus der Stadt raus waren, als statt Häusern plötzlich Felder und Bäume am Autofenster vorbeiflogen. Die Namen der Bäume wusste ich nicht, aber es war die Sorte, die ich eigentlich am liebsten mag, wenn sie neben der Autobahn auftauchen. Vielleicht Pappeln. Auf dem Schulhof hatten wir Pappeln, aber die an der Autobahn sahen anders aus, grüner, vielblättriger. »Der hat keine klare Umrandung.« Lene hatte sich das Kleid bis zur Brust hochgezogen und hielt ein Stück Haut zwischen Daumen und Zeigefinger. So groß wie eine Zwei-Euro-Münze vielleicht. Und mit dem Stück Bauch in der einen Hand, kurbelte sie mit der anderen Hand das Beifahrerfenster herunter. Und sie ließ das Stück auch nicht los, als sie sich die herumwirbelnden Haarsträhnen aus dem Gesicht schob und sich am Schienbein kratzte, ich hätte ihr beinahe auf die Hand geschlagen, ich wusste gar nicht, was das jetzt sollte, dieser Leberfleck, aber ich sagte nichts, sondern schaute weiter auf die Straße. Wind kam durch das Fenster herein, wischte kurz über die Bezüge, blieb ein bisschen, und ich fand ihn ganz gut. Die Haut in Lenes Hand wurde immer weißer, ich warf ab und an einen Blick darauf, während sie unablässig aus dem Fenster starrte. Niemand sagte etwas, ich traute mich nicht einmal zu fragen, was wir eigentlich vorhatten, also fuhr ich. Geradeaus und einfach weiter, nicht zu schnell, aber so, dass wir vorankamen. Ich hatte Angst. Es war das erste Mal seit langem.

Weil wir nicht redeten, schaute ich herum und horchte, ich suchte irgendetwas, aus dem man ein Gespräch machen konnte, einen Anhaltspunkt, und war froh um jedes Geräusch. Beim Fahren wackelte ich in den Schuhen mit den Zehen, ich hatte das Gefühl, sie würden mir sonst jeden Moment einschlafen und eventuell abfallen. Und Lene behielt einen roten Abdruck zurück, wo die ganze Zeit ihre Finger gewesen waren, man konnte auf der Haut jeden einzelnen erkennen als weißen Rand, wenn sie alle drei Minuten den Baumwollstoff hob, um zu gucken, ob die Umrandung des Fleckes sich verändert hatte. »Guck«, sagte sie, »er wächst.« – »Das ist Quatsch«, sagte ich und legte beide Hände vor mir auf das Lenkrad. Lene kurbelte das Fenster wieder hoch, zog sich das Kleid zurecht, schaltete das Radio ein und sofort wieder ab, zog die Beine an ihren Körper und hielt sich am Sitz fest, schaute in den Rückspiegel, aus dem Fenster, spielte am Armaturenbrett herum und an den Nähten des Sitzbezuges. Ich beobachtete sie nur aus dem Augenwinkel und wusste dennoch, was sie tat. Ich wusste, als ihre Schuhsohle auf dem Kunstleder der Sitzbezüge quietschte, wie sie saß und dass sie den anderen Fuß noch nachsetzen würde.

»Nimm mal die nächste Abfahrt«, sagte sie, und ich wechselte die Spur, vielleicht hatte sie ja doch ein konkretes Ziel. Am Stadtrand hatten wir die Sitze getauscht, Lene hatte geflucht, auf alle geschimpft, die neben uns auf der Straße waren, ganz leise und zischend, und ich dachte, das könnte der Beginn dieser Wut sein, die ich eigentlich erwartet hatte, irgendeine Art von Regung, ein Ventil vielleicht. Doch dann schwieg sie wieder, sie schaukelte sich nicht hoch, sondern zog sich in ihren Körper zurück, der dennoch nach irgendetwas suchte und nicht zur Ruhe kam. Ich schaute mich um, das Auto gab uns einen Platz. Wir kamen voran, und mit uns waren Autofarben und Nummernschilder, Fahrbahnrandmarkierungen und Waldränder, Straßenschilder, Hinweise, Klickgeräusche. Wir hatten keine Wahl.

Am Rand der Landstraße hielten wir an, um zu rauchen.

Lenes Hände zitterten beim Aufreißen der Folie der Zigarettenschachtel. Ich gab ihr Feuer, sie schloss die Augen dabei und nahm einen tiefen Zug. Nebeneinander lehnten wir am Auto, es muss schön ausgesehen haben für die, die in den Autos saßen und an uns vorbeifuhren. Zwei Beine in einem Rock und zwei Beine in einer engen Hose, wehende Haare und Zigaretten zwischen den Fingern. Wie Cowboys standen wir, und vielleicht dachten sie, wir fänden das gut, wir würden das genießen.

Ein Lastwagenfahrer hupte, aus einem Kombiheckfenster winkte ein Kind. Manchmal erkannte ich ein Automodell, die Marke immer. Aus den Buchstaben der Nummernschilder formte ich schon seit Beginn der Fahrt Worte. Die Worte mussten die Buchstaben enthalten, die auf dem Schild zu erkennen waren, das war Pflicht, aber es war erlaubt, andere Buchstaben hinzuzufügen, sodass das Wort einen Sinn ergab. Und wenn es gut ging, wenn mir schnell eine passende Lösung einfiel, dann gelang es manchmal auch noch, die Nummern in Beziehung zu dem Wort zu setzen, das passierte jedoch eher selten. Lene rauchte die Zigarette bis zum Filterrand. Sie hielt sie mit drei Fingern und schielte ein bisschen dabei. Die Reste ließ sie auf den Rand der Straße fallen, nicht auf den Rasen daneben, »das gibt sonst noch Feuer und am Ende sind wir schuld, wenn Mecklenburg-Vorpommern brennt«. Sie wollte nicht schuld sein.

»Niemand kann was dafür«, sagte ich. Es hatte eine Stunde gedauert, diesen Satz über die Lippen zu bekommen. Aber dieses Schweigen machte mich mürbe, das Gefühl, nichts, aber auch gar nichts tun zu können. Während Lene sonst die Dinge von oben bis unten angeschaut hatte, einem beim Reden direkt in die Augen geguckt hatte und beim Treppensteigen auf ihre Füße, so glitt ihr Blick jetzt an allem ab, wanderte hektisch in der Gegend herum, sie blieb einfach nicht still. »Und es fühlt sich trotzdem so an«, meinte sie beim erneuten Einsteigen. Die Stille war zurück, eine Stille, die uns einschloss, es aber nicht in unser Inneres schaffte, obwohl wir nach Luft schnappten und manchmal den Zeigefinger in die Luft streckten, um zu prüfen, aus welcher Richtung wohl der Wind wehte. Nichts rührte sich außer den Scheibenwischern, die ich einmal aus Versehen anschaltete, nur ganz kurz. Wir hatten keine Zusammenhänge mehr, ich hätte so gern an einer Bibliothek gehalten und ein Buch rausgesucht, ich hätte gern jemanden angerufen und gefragt, was zu tun sei, aber jedes Mal, wenn ich das Telefon in die Hand nahm, schaute Lene so seltsam, dass ich es sofort wieder weglegte. Es gab nur uns, es sollte niemanden sonst geben. Und ich war mir nicht sicher, ob das so eine gute Sache war.

Irgendwann differenzierte sich das Rauschen, ich hörte die einzelnen Komponenten deutlich heraus. Unseren Atem, den Schweiß in unserer Haut, die Maschen der Stoffe, ich spürte jede Haarwurzel auf meinem Kopf, jedes Haar auf meinem Arm, ich war lange nicht so sehr irgendwo gewesen wie dort im Auto. In Filmen zeigen sie die Figuren manchmal von schräg oben, der Protagonist spricht dann immer ruhig und besonnen aus dem Off, während auf dem Bildschirm alles weitergeht. Wenn ich mich im Seitenspiegel sah, aus Versehen beim Überholen, dann sah ich nicht mich,

ich sah ein paar Augen, einen Mund, eine Frisur (ich war vor der Prüfung noch mal zum Frisör gegangen). Ich schaute nicht hin, Lene dagegen hatte sich den Sonnenschutz heruntergeklappt und musterte sich, oft. Sie sah aus, als müsse sie sich irgendeiner Sache vergewissern, während ich mich verdoppelt fühlte – eine, die fährt, die Dinge tut und ausführt, die schaltet und bremst. Eine andere, die nicht denkt, aber fühlt, die alles hört, aber nichts versteht. Vielleicht hatten wir etwas vergessen, vielleicht mussten wir da jetzt einfach durch. Lene biss sich auf die Lippen und betrachtete den Abdruck im Spiegel. »Bis es blutet«, sagte ich. »Bis einer heult«, entgegnete sie.

3

Jetzt verlässt du das Haus. Vor dem Zuziehen der Tür schaust du noch einmal in den Flur, zählst in Gedanken die Fenster und Heizungen und Herdplatten, die du alle vorher noch einmal abgegangen bist. Und dann streichst du unten angekommen die Ecke des Aufklebers am Briefkasten noch einmal glatt, den Schlüssel verstaust du in deiner Hosentasche. Das erste, schwache Morgenlicht fällt von draußen durch die Glasscheibe der Haustür auf die Bodenfliesen und den roten Teppich darauf. Als du dann die Tür öffnest, schlägt dir Winterluft ins Gesicht, du ziehst die Schultern hoch und legst die Stirn in Falten. Ich werde dir

Auf Wiedersehen sagen, wenn du jetzt aufmerksam bist. Gestern habe ich mein Auge ausgeschnitten und an den Baum gehängt. In der Nacht – bei dir brannte noch Licht – bin ich mit dem Fahrrad zu dir gefahren, einen Eimer Kleister am Lenker, ein paar Rollen Papier unter den Gepäckträger geklemmt. Adieu an jeder Ecke. Ich meine es so.
(Jetzt steigst du in die S-Bahn in Richtung Flughafen.)
Und wieder. Und wieder. Ein gebeugt gehender Mann mit einem Rauhaardackel an der Leine kam mir entgegen, deine Straße war schwarz und weiß, nur unter den Laternen ein bisschen gelb. Irgendwo ein Klickern, ein Klappern, ein seltsames Atmen vielleicht, ein Kabel an einem Balkon zwei Häuser weiter. Im Wind schlug es immer wieder gegen die Dachrinne, wie das Pendel einer Standuhr, hin und her, nicht ganz so entschlossen. Der Kleister kleckerte auf meine Schuhe, ein paar Schritte lang hinterließ ich Spuren auf Teer und Asphalt. Mein Auge klebte ich auf die Litfasssäule, an den Baum vor deinem Haus, an den Stromkasten bei der Kreuzung, die Laternenmaste, einen Kaugummiautomaten und die Bushaltestelle. Ich wischte mir die zähe Flüssigkeit an der Hose ab und schreckte bei jedem Geräusch auf, bei Schritten und Motoren. Du bist überall und nun bist du weg. Nur für einen Monat, hast du gesagt und dabei auf den Boden geschaut und mich dann angelächelt, als hättest du eine falsche Tonlage benutzt, als bestünde die Möglichkeit, dass du dich irrst. Du wolltest nicht, dass ich dich zum Flughafen bringe. Schlaf aus, hast du gesagt und dich umgedreht und die Weinflasche aus dem Tiefkühlfach geholt,

sie prüfend befühlt und dann noch einmal zurückgelegt. Ich habe nicht gewagt zu widersprechen. Ich weiß noch nicht, wann ich protestieren darf und wie laut.
(Jetzt steigst du aus der Bahn, gehst die Stufen hinauf und schaust dabei auf deine Schuhe, um nicht zu stolpern.)
Ich bin wach, ich habe nicht geschlafen, aber ich habe es versucht. Ich habe mir zweimal die Hände gewaschen, weil sie noch klebten vom Kleister. Kein einziges Auge habe ich wieder mit nach Hause genommen. Nun sehe ich die gesamte Nachbarschaft, alle Menschen vorbeigehen, jedes Zittern, ich bin noch wach. Wie viele Male du mich gesehen hast, weiß ich nicht. Auf dem direkten Weg zur Bahn klebt mein Blick viermal. Wenn du noch eine Zeitung am Kiosk gekauft hast, sind dir zwei weitere begegnet – und wenn du dich, was ich nicht glaube, für den kleinen Umweg durch den Park entschieden hast, noch einmal drei. Am liebsten hätte ich sie alle wieder abgerissen, als ich fertig war. Aber mir war kalt und die Kette vom Fahrrad sprang ab. Ich werde es lieben, dich zu vermissen, hast du gesagt nach dem zweiten Glas Wein und gelächelt, als wärst du dir der Tonlage sicher dieses Mal. Ich bin wach, weißt du? Vom Kopfkissen aus sehe ich dir zu, wie du vor dem Flughafengebäude deine Schnürsenkel festziehst, einen Knoten machst, eine Schleife bindest und dann in den Himmel schaust, bevor du durch die Glastür gehst.

Es war gut, dass in der Straße, wo Lene und Vince wohnten, viele Autos parkten, dass dort der Bus fuhr und die Straßenbahn, die gleiche Linie wie vor meinem Haus. Jeden Morgen sammelten sich Trauben von Menschen an den zwei Stationen, warteten und konnten sich ansehen wie ein Spiegelbild, während dazwischen der Verkehr in einem lauten Fluss vor sich hin blubberte. Dass soviel los war, dass man kaum auffiel. Und ich konnte in meinen morgendlichen Weg eine Schlaufe einbauen, durch das Gewimmel. Während ich mich an den raschelnden Jacken vorbei drängelte, genügte ein kurzer Blick nach oben zum Fenster. Dann begann mein Morgen mit der Entzifferung kleiner Zeichen. Und der Kaffee an der Ecke war mein Alibi. Waren die Vorhänge auf oder zu? Die Fenster offen oder geschlossen? Licht an oder aus? Im Winter konnte ich erkennen, ob Vince schon aufgestanden war, am schwachen Licht neben seinem Bett, im Sommer achtete ich auf die geöffnete Balkontüre. Und wenn es von oben tropfte, war er meistens schon längst nicht mehr zuhause, hatte die Blumen kurz vor dem Verlassen der Wohnung noch gegossen in Eile. Bis das Wasser überschwappte auf den Gehweg hinter die Wartenden mit den Kapuzen und Regenschirmen, den Kopfhörern und Tragetaschen, die ihren Tag noch vor sich hatten. Abends kam ich nie.

Und von weitem sah ich nichts, ich musste immer erst ein bisschen bergauf, vorbei an dem Büro mit den bunten Comics an der Wand, vorbei an dem Haus, wo im dritten Stock immer der Fernseher blau leuchtete, vorbei an dem Kiosk mit der dickbäuchigen Verkäuferin mit der silbernen Kugel in der Nase. Vorbei an der Lücke zwischen den Fassaden, bis ich am Haus angekommen war. Es beruhigte zu wissen, wie es hinter den Scheiben aussah. Wo das benutzte Geschirr in der Küche stand, wo wahrscheinlich Socken lagen, wo der Aschenbecher und wo das Telefon, wo der Hammer hing und die Decke noch warm war von der Nacht. Und dass die Heizung nicht funktionierte, noch drei Textmarker in ihrer Schachtel lagen, sich Papier stapelte, Krümel auf dem Bett vor sich hin rollten von Lakenfalte zu Lakenfalte. Es war gut für den Tag, dort entlang zu gehen. Manchmal schaute ich nicht hoch und hoffte, dass man mich vielleicht entdeckte, dass ich vielleicht mal die war, die man sah im Vorübergehen und sich dann freute. Ich denke, das passierte nie, jedenfalls hatte Vince nie etwas gesagt. Wenn ich nicht aufgeschaut hatte, drehte ich mich an der Ecke mit dem Kaffee in der Hand noch einmal um als Entschuldigung, auch wenn ich schon längst nichts mehr erkennen konnte. Wenn ich bei Friedrich übernachtet hatte, funktionierte der kleine Umweg nicht. Das seltsame Gefühl in der Bahn dann, ich schob es immer auf den Kaffee, den ich an diesen Tagen an der Tankstelle kaufen musste. Schon das Geräusch des quietschenden Automaten tat weh. Und in der Tankstellenstraße standen keine Bäume.

Die allgemeine Richtung war klar, der Blick nach hinten war im Stillen verboten worden. Die Angst vor einer falschen Bewegung, einem falschen Wort, einer offensichtlichen Erinnerung überlagerte alles. Wir waren seit einem Tag unterwegs und klammerten uns an die Dinge, die auf dem Papier standen. Ich fuhr und blickte geradeaus, Lene kommentierte, was links und rechts vorbei flog, beklagte sich über die blauen Ziegel auf manchen Dächern. Und ich war froh, wenn sie sprach, und gab Geräusche von mir, um zu zeigen, dass ich zuhörte, riskierte hin und wieder einen Blick, schüttelte mal den Kopf, winkte ab. »Kühe! Sieben, neun, fünfzehn! Ein Kalb!« Und dennoch blieben meine Finger fest auf dem Lenkrad liegen, die Knie parallel, die Oberschenkel in den Sitz gedrückt. Ich gab mir Mühe. Mir stand der Schweiß auf der Stirn, ich hätte eine Landkarte meiner Poren zeichnen können, hätte ich einen Stift dabei und eine Hand frei gehabt. »Dass man hier wohnen kann …« Wir fuhren langsam. Jedes Mal, wenn sich von hinten ein Auto näherte, rechnete ich mit wütenden Gesten oder Lichthupe, weil wir nur krochen. Lenes Wangen röteten sich ein wenig, sie hatte die Füße auf dem Armaturenbrett abgestellt. In regelmäßigen Abständen wurden wir überholt und nichts passierte. Es störte niemanden, wir juckelten vor uns hin, wir provozierten keinen Stau, hielten niemanden auf. Nur ein Traktor war langsamer als wir, ich musste beschleunigen, um ihn zu überholen, und Lene setzte sich auf, hielt den Atem an, bis wir wieder langsamer wurden. Als wir eine Zeit lang immer im gleichen Abstand zu ihm fuhren, drehte sich Lene zum ersten Mal nach hinten um. Sie schnallte sich ab und kletterte auf die Rückbank. Normalerweise hätte ich sie ermahnt. Jetzt sagte ich nichts, beobachtete sie aber im Rückspiegel. Sie band sich einen Zopf, setzte sich auf ihre Knie, den Rücken zu mir. Ihre Wirbelsäule bildete die Verlängerung ihrer Haare, das Kleid war weit ausgeschnitten, das wäre ein gutes Foto geworden, hätte jemand auf unserer Motorhaube gesessen. Um uns herum hätten Scheinwerfer gestanden und ein Mann, der nur dafür zuständig wäre, sie richtig einzustellen, dazu ein Photograph, der uns Anweisungen gegeben und seine Linse ganz dicht an die Frontscheibe gehalten hätte, damit sich nichts spiegelt. Wie versteinert hätten wir da gesessen und versucht, den Anweisungen zu folgen, und er hätte Hunderte Fotos gemacht und wieder Hunderte davon gleich am Rechner aussortiert, vielleicht hätte er noch einen Filter drüber gelegt, die Farbsättigung ein bisschen runter gedreht, ein paar Kontraste hier und da, Flecken raus, Bewegungsunschärfe hier, verwischte Ränder. Aber Lenes Kleid wäre immer noch rot gewesen, und man hätte immer noch ihre Wirbel erkennen können und sie weiter erahnen dort, wo das Kleid war. Ihre Zehenspitzen hätte man gesehen, von der Hornhaut dank Störungsfilter kein bisschen, Strukturen wären nicht zu erkennen gewesen, nur die Erhebungen. Wir hätten Haut aus Elfenbein gehabt, die Sonne wäre eine Glühbirne gewesen und wir wären danach ausgestiegen und hätten irgendwo eine Suppe gegessen. Am Ende hätten wir uns anschauen und einrahmen und anderen zeigen können und jemand hätte gefragt: »Das seid ihr?« Das waren wir.

4

Man rechnet ja nicht damit. Wir glaubten an ein Morgen, wir fuhren in den Urlaub, und wir sagten: bis bald. Wir blieben tagelang im Bett liegen, vor allem, wenn wir frisch verliebt waren, das geschah ein paar Mal, als wir noch zur Schule gingen. Mit einem Abschluss rechneten wir und mit einem Danach. Wenn man uns nach Heirat und Kindern fragte, schüttelten wir den Kopf, aber immer nur auf Zeit, denn wir wussten, irgendwann kommt der Moment, in dem wir nicht mehr so vehement den Kopf schütteln, sondern eher langsam. Später zuckten wir nur noch mit den Schultern, antworteten nicht mehr. Ein Ja hoben wir uns auf, verrieten es niemandem, aber hatten es fest in der Hand, weil man das so machte. Und in diesem Frühling hatte Friedrich mich nach Kindern gefragt, und ich wusste, dass es nun soweit war. Dass ich es aussprechen sollte.

Wir saßen beim Frühstück, draußen regnete es in Strömen, wir aßen Eier mit Plastiklöffeln und Senf. Die Stimmung war gut, wir hatten noch am Morgen miteinander geschlafen, ich saß nur in Unterhose und Unterhemd an Friedrichs kleinem Küchentisch, der direkt neben dem Schreibtisch stand. Ich hätte die beiden gerne fusioniert, aber er war immer der Meinung, das gehöre sich nicht, das müsse man trennen. Man könne nicht an dem Tisch arbeiten, an dem man auch esse. Also gab es ein Brett, das mit Scharnieren an einer Holzleiste an der Wand befestigt war. Das konnte man hochklappen und fixieren, sodass man eine gerade kleine Platte vor sich hatte, auf die man sich zwar nicht stützen durfte, aber für zwei Teller und eine Kanne war Platz. Und man konnte aus dem Fenster sehen auf den Balkon der Nachbarn gegenüber. Die restlichen Frühstücksutensilien drapierte Friedrich auf einem kleinen Hocker daneben, der Saft stand meistens auf dem Boden. In Boxershorts holte er den Toast aus der Kochnische, der Toaster stand in einer Schublade, die man aufziehen musste, wenn man toasten wollte. Nach dem Gebrauch musste man eine Weile warten, damit der Toaster abkühlte, erst dann konnte man die Schublade wieder schließen. Aber wenn man sie öffnete, roch es gut nach frischen, schwarzen Krümeln, immer nach Brot und manchmal, wenn ich morgens zu früh wach war, wenn Friedrich noch schlief und ich aufs Klo musste, öffnete ich sie, um kurz daran zu riechen und danach wieder ins Bett zu gehen.

Er legte die Toastscheiben auf die Teller, eine für jeden. Und während er noch einmal zurück zur Kochnische ging, fragte er mich, ob ich Kinder wolle. Erst antwortete ich nicht, weil ich ihn nicht richtig gehört hatte, und nachfragen war mir schon immer zuwider. Wenn es wichtig war, würde er es noch einmal sagen. »Willst du eigentlich Kinder?« Friedrich setzte sich mir gegenüber und sah mir direkt in die Augen, dabei legte er eine Hand auf mein Knie und ich fragte mich, was das werden sollte, wir waren ja hier nicht bei *Nur die Liebe zählt*. Ich zog mein Knie weg und begann, großzügig Pflaumenmus auf meinem Brot zu verteilen. »Hm?« Er ließ nicht locker, und ich wusste keine Antwort. Das war der Moment, in dem ich mir zum ersten

Mal aussuchen konnte, ob ich wollte, weil ich dazu in der Lage gewesen wäre, weil man mir mittlerweile manchmal sagte, ich sei so erwachsen geworden. Dabei hatte ich damit gerade erst begonnen, aber selbst wenn man gerade erst mit etwas angefangen hat, ist es meistens schon zu spät und man ist mittendrin. »Schon«, sagte ich, als ich fertig war mit dem Schmieren. »Ja«, als ich den ersten Bissen im Mund hatte. Friedrich schaute immer noch, die Hand lag jetzt auf seinem Oberschenkel, er wackelte mit dem Fuß, und ich spürte das Zittern seines Stuhls. Dass er eigentlich wissen wollte, ob ich Kinder mit *ihm* wolle, war mir klar, aber er musste es schon aussprechen. Stattdessen aß Friedrich nur seinen Toast, trocken, ohne was drauf, und wir schauten den Nachbarn dabei zu, wie sie die Winterreste aus den Blumenkästen zupften und sich ihre frisch gebügelten Jeans mit Erde einsauten.

Während ich in Gedanken mein Adressbuch nach Menschen durchsuchte, bei denen ich mir Abgeklärtheit vorstellen konnte, schlief Lene oder tat zumindest so. Vince fiel mir ein und seine Art, die Dinge zu verdrängen. Verdrängte Dinge waren für ihn einfach verschwunden, er hatte sich mit ihnen nicht weiter zu beschäftigen. Darin war er gut, den Wink mit dem Arm, den es dafür benötigte, hatte er perfektioniert, den konnte er im Schlaf. Bis zum letzten Sommer waren wir uns immer nur sporadisch über den Weg gelaufen, er war bei Lene eingezogen, hatte kaum Sachen gehabt, nur das Nötigste. Wir mussten nicht schleppen, er machte das ganz allein, drei Bananenkisten und zwei große Reisetaschen. Neben dem Auto standen noch eine Matratze, eine Schreibtischplatte und Tischbeine. Wenn er einen Stuhl brauchte, holte er ihn sich aus der Küche, aber meistens saß er auf dem Fensterbrett oder neben der Heizung auf dem Boden, seinen Rechner auf dem Schoß, das Mobiltelefon neben dem Bein wie seine Hand neben meiner manchmal, sein Überleben war gesichert, so verharrte er Tage und Wochen. Und manchmal klingelte er bei mir, manchmal suchte er Lene, manchmal vielleicht mich, aber er kam immer mit dem Rad, und wenn Friedrich nicht gerade ebenfalls da war, blieb er eine Weile. Das war der September. Mindestens einmal die Woche saßen wir unter der orangefarbenen Markise vor dem Backsteinhaus. Anfangs schien uns die Sonne noch ins Gesicht, aber schnell wanderte sie über den Bauch, bis sie irgendwann nur noch unsere Füße erreichte. Wenn es zu kalt war, gab er mir seinen Pullover. Die Markise wurde eingeholt, es war Zeit, den Dingen ins Gesicht zu sehen und Kuchen in die Vitrine zu stellen, in der im Sommer noch fünf Sorten Eis ihren Platz gehabt hatten. Kirsche, Zitrone, Schokolade, Mandel und dann noch eine, die immer wechselte. Ich blieb bei Mandel und Kirsche, Vince aß nie Eis, und trotzdem fragte er jedes Mal, ob wir Eis essen gehen. Er sagte immer »wir«. Ich aß Eis, und er kam mit. Manchmal trank er einen Espresso, manchmal einen Tee, auch im Sommer. Ich erinnere mich an seine Unterarme, an die feinen Linien des Stoffes seiner Hosen, an die kleinen Äderchen an seinem Handgelenk, die Waben seiner Haut, sein Lispeln, das nur manchmal herauskam, wenn er müde oder nervös war. Unter der Markise lispelte er nicht.

Die roten Wimpel über unseren Köpfen flatterten im Wind. Die Stadt rauschte in diesem Sommer, es fuhren unaufhörlich Autos vorbei. Meine Knie lagen in der Sonne und ich fragte mich, warum wir nicht bei all den anderen waren, die in der ganzen Stadt verstreut in großen Haufen Fußball schauten, warum wir nicht bei ihm und Lene in der Wohnung waren oder bei mir. Aus den Fenstern der umliegenden Häuser lärmte es, ein Tor war nicht gefallen, aber vielleicht waren sie wieder einmal kurz davor gewesen. Dann sah Vince mich plötzlich an und sagte: »Pass auf. Es gibt so viele Dinge, von denen ich weiß, mit dir zusammen wären sie großartig. Zum Beispiel mit dem Auto nach Italien zu fahren oder ans Meer, fernzusehen oder sich zu betrinken. Mit dir tanzen zu gehen oder einfach nur spazieren, zu kochen, vielleicht auch einfach nur rumzuliegen, zu flüstern oder zu schlafen. Und wenn ich jetzt mit dir allein fernsehen würde, dann wäre das der Anfang davon, das alles zu wollen. Es würde mich verwirren und mich unsicher machen. Und du weißt genau, dass man nicht einfach nur nebeneinander fernsehen kann, denn um richtig fernzusehen, müsstest du in meinem Arm liegen und den Kopf auf meiner Brust haben. Ich müsste deinen Atem hören und du meinen, und wenn ich lache, dann müsste dir das Bild verwackeln. So in der Art. Und wenn du Durst hast, würde ich dir etwas zu trinken holen, und du müsstest mir danach erklären, was passiert ist, und wahrscheinlich würdest du dabei die Namen der Spieler verwechseln, und ich fände auch das großartig. Deswegen würde ich sofort noch all die anderen Dinge mit dir tun wollen, aber das dürfen wir nicht und das können wir nicht. Wir würden beide nicht mehr ruhig schlafen.« Erleichtert atmete er aus und starrte wieder auf die Straße, vielleicht auch auf das Haus gegenüber, jedenfalls war sein Blick von mir gewichen, und nun war ich es, die ihn entgeistert ansah, denn ich hatte mir das alles unkomplizierter vorgestellt. Ich mochte ihn. Ich mochte ihn sehr. Und um ihn nicht zu sehr zu mögen, wollte ich Zeit mit ihm verbringen. Um mich an ihn zu gewöhnen. Um der Ersttagseuphorie den Garaus und einer Freundschaft einen Anfang zu machen. So hatte ich mir das überlegt, das war mein Plan. Und mit meinem Vorschlag, Fußball zu schauen, war ich wohl über das Ziel hinausgeschossen. Vielleicht hatte ich auch gehofft, dass er mich in den Arm nimmt und das in mir ein Gefühl, eine Reaktion auslöst, irgendeinen Gedanken, der uns voranbringen könnte. Wir mussten uns einigen. Auf eine Freundschaft, eine Affäre, eine Funkstille, eine Bekanntschaft. So, wie es war, konnte es nicht weitergehen. Auch konnte Lene nicht weiter in der Tür stehen und fragen, ob ich wegen ihr oder ihrem Mitbewohner gekommen sei, die Dinge mussten sich klären. Und vielleicht hatten sie das eben getan. »Gut«, sagte ich, und er strich sich mit der Hand über den Bart und trank einen Schluck von seinem Eistee. Fast stach er sich den Strohhalm dabei ins Auge, aber eben nur fast. Und ich schaute von nun an auf die roten Wimpel und mir fiel nichts ein, was wir hätten besprechen können, vielleicht war diese Ahnungslosigkeit voneinander, diese Neugier auf den anderen bis zu dem Moment eben auch das Einzige gewesen, das uns verbunden hatte. Außer Lene, die in unser beider Leben eine große Rolle spielte. Vielleicht hatten wir uns bis zu diesem Moment so wunderbar verstanden, weil alles unklar gewesen war. Und jetzt hatte jemand die Scheibenwischer eingeschaltet und die Lage geklärt. Wir saßen da, wortlos, und ich zählte gerade die Wimpel der Markise, als er sagte: »Aber weißt du, warum wir uns weiterhin treffen müssen? Weil wir uns noch in ein paar Jahren kennen werden und ich mich jetzt schon darauf freue. Du kannst nie wissen, was dann sein wird, aber du kannst versuchen, die Menschen zu behalten. Auch die Aufregung, meine ich. Das gehört ja dazu. Und es ist immer aufregend, wenn wir uns treffen. Aber genau deswegen müssen fremde Leute um uns herum sein. Damit ich nicht damit beginne, Sachen zu tun, die mich oder irgendjemanden verwirren könnten, damit wir hier in Ruhe sitzen können und gucken, während die anderen sich besaufen und schreien, ich finde das eigentlich gut. Also auch, dass man uns beobachtet und wir nicht irgendwo allein sind.« Einundzwanzig Wimpel hatte ich gezählt bis zu diesem Moment, oder zweiundzwanzig, an der Ecke der Markise waren zwei zusammengenäht. Ich fand es schön, was er gerade gesagt hatte, aber wünschte mir im gleichen Moment, ich hätte es nicht gehört. Denn ich wollte immer noch mit ihm Fußball schauen und hielt die Lösung, die er hier vorgeschlagen hatte, irgendwie für eine schlechte. Dennoch konnte man jetzt besser durch die Scheibe sehen, geradeaus fahren, so sollte das ja sein. Und ich dachte noch, dieser Sommer ist der wärmste seit langem.

Ich kurbelte das Fenster auf meiner Seite herunter, mir lief der Schweiß in Strömen. Nein, man rechnete nicht damit. Und Vince hatte Recht gehabt. Man musste versuchen, sich nicht zu verlieren. Das hier aber war wie dichter Nebel, der sich über die Felder legt und alles verschluckt. Langsam und behutsam und dabei nichts vergisst. Das hier waren keine einstürzenden Dächer, kein lautes Krachen. Kein Erdbeben. Es war ununterbrochen da, aber es war so bedrückend leise, dass es uns die Sprache verschlug und das klare Denken. In meinem Kopf schwirrte es, ich dachte an Filme, die ich gesehen, und an Bücher, die ich gelesen hatte. Meistens waren die Katastrophen dort auch Katastrophen durch und durch. Leute drehten ab, rasteten aus, es wurde gewütet, getobt, an Wände geschlagen und völlig aus der Reihe getanzt. Man kündigte, schrie sich am Telefon an, legte sich für drei Wochen ins Bett und zog die Decke über den Kopf. Aber wir fuhren orientierungslos in der Gegend herum, unberechenbar und völlig unsouverän. Und mir fiel ein, wie Lene mich angerufen hatte früh am Morgen, mich aus dem Bett klingelte und zu sich bestellte, um mir zu sagen, dass sie verliebt sei. Wie sicher sie sich gewesen war, wie ruhig.

Friedrichshain war gelb damals. Die Wiesen waren gelb, die Bürgersteige waren gelb und die Bordsteinkanten auch. Die Gullis waren mit gelben Blättern verstopft, hin und wieder verirrte sich ein orangefarbenes dazwischen, die Hügel und Straßen lagen da wie abgerupfte Tapete. In Fetzen, und dazwischen tauchten immer wieder Reste des Asphalts auf, die

Gehwegplatten mit den Löchern darin. Abertausende kleine Regentropfen hingen in der Luft, verstopften die Wege und sammelten sich in jeder Pore der Stadt und den zufällig hinein gestreuten Menschen. Häuserwände hatten das gleiche Grau wie der Himmel, und neben den Straßen bauten sich endlose Mauern, man wusste nicht mehr, wo oben aufhört und unten beginnt. Man reagierte mit meterlangen Schals und hohen Kragen, mit Gummisohlen und neuartigen Teesorten, die man jetzt nach Gefühlen und Stimmungen benannte.

An dem Tag hatte ich das Gefühl, die Gänsehaut erstrecke sich bis auf meine Fingernägel. Es war halb sieben, ich fuhr mit dem Rad die Frankfurter Allee entlang zum Park, der da lag in diesem ausgeblichenen Gelb, das sich anstrengen musste, um noch den Anschein eines zumindest golden schimmernden Herbstes zu erwecken oder Erinnerungen daran. An der Weberwiese wechselte eine Frau vor mir vom Bürgersteig auf die Fahrbahn, auf ihrem Gepäckträger eine Packung Toilettenpapier, deren Umschlagfolie sich nach ein paar Metern auf dem Kopfsteinpflaster löste. Ich fragte mich, woher sie das hatte um die Zeit und wohin sie wohl fuhr. Sie schien es sehr eilig zu haben, alle paar Meter fiel eine Rolle des Papiers auf die Straße und rollte sich in weißgrauen Streifen auf, unter parkende Autos, über Laub und Müll. Sie schien es nicht zu bemerken, und ich war nicht schnell genug, um sie einzuholen, obwohl ich mich ins Zeug legte, schon allein, um wärmer zu werden. Ich rief ihr nicht hinterher. Der Nieselregen lag wie ein Cremefilm auf meinem Gesicht, den Händen, im Nacken. Ich konnte meinen Atem sehen, der sich in kleinen Wolken in den Restnebel mischte. Dass es dringend sein müsse, mich hinaus zu scheuchen. Dass es einen wirklich triftigen Grund geben müsse, dass ich andernfalls empört und wütend sein würde, dass ich mich sofort umdrehen und gehen würde, wenn es nicht wirklich eine unerhörte Neuigkeit wäre, die Lene mir da mitzuteilen hatte, nahm ich mir in Gedanken vor. Links von mir lag die Polizeiwache, davor schlief ein Polizist in seinem Streifenwagen. Eine Straßenbahn bimmelte sich aus Langeweile durch die menschenleeren Straßen, mir lief der Rotz in Richtung Oberlippe. Ich musste kämpfen, um den Hügel hinauf zu kommen, die schlingernden Kurven zum Aussichtspunkt, über die nassen Blätter mit kalten Fußsohlen. Jetzt schon musste ich an das Gefühl denken, in einen warmen Raum zu kommen, und daran, wie unangenehm es kribbelte und juckte, wenn Ohren und Hände rot anschwollen. Ich hasste dieses Gefühl, ich hasste diese sich ausbreitende Wärme, weil sie mir Schweißausbrüche verursachte, weil sie mich dazu brachte, mir die eigenen Haare ausreißen zu wollen, weil es so juckte. Außerdem hatte ich Angst auszurutschen und mit dem Gesicht auf dem nassen Boden zu landen oder mir kleine Kiesel bei der Landung in die Handflächen zu bohren. Ich überlegte, ob ich beim Verlassen der Wohnung die Heizung aufgedreht hatte.

Oben angekommen schwitzte ich am Rücken, meine Finger waren immer noch eiskalt, ich war schlecht gelaunt und müde. Lene saß auf einer Mauer an der einen Stelle, die nicht total zugewachsen ist und an der man auf die Stadt, auf die paar Plattenbauten blicken und den Rest vom Prenzlauer Berg erahnen kann. Ich erschrak vor ihrem roten Mantel. In ihren vor dem Bauch verschränkten Händen hielt sie ein paar der gelben Blätter, als ich keuchend neben ihr auf die Mauer kletterte. Bedächtig zupfte sie die spitzen Ränder zu runden Kanten und blickte nicht auf. Sie sagte nichts, und ich konnte nichts sagen, weil ich so schnaufte, weil ich nicht gerne absteige, wenn es bergauf geht. Mein Vater nannte das Aufgeben früher, er gab nie auf, also riss ich mich zusammen und kämpfte mich im Stehen die meisten Berge hinauf. Einmal hatte ich mir auf die Lippe gebissen, sie fing an zu bluten, und oben stand meine Mutter neben dem Wagen, auf den mein Vater unsere Räder schnallte, und erschrak vor den roten Flecken auf meinem T-Shirt und meiner kurzen Hose. Ich hatte davon nichts gemerkt und fing erst an zu weinen, als sie anfing, die Flecken zu verreiben. Ich war so müde.

»Ich habe mich verliebt«, sagte Lene und schaute nicht auf.

Ich wollte sensibel sein, ich wollte wirklich nett sein und einfühlsam, ich wäre gerne fröhlich gewesen und hätte juchzend im Kreis getanzt, aber es war nicht viel, was ich herausbrachte, während ich mir die Hände rieb. »Wie jetzt?« Und Lene hob den Kopf und starrte lächelnd in die nasskalte Badekappe der Stadt, während ich das Gefühl in meinem kleinen Zeh verlor.

Man rechnet nicht damit und ich hatte Angst, es würde von uns nichts übrig bleiben. Dass uns die Sonne und die Situation mit Messer und Gabel aufessen würden, erst in kleine Stücke zerteilen und dann gemütlich auf den breiten Kauflächen zermalmen. Wir waren zwischen die Mühlen gekommen, das System hakte irgendwie, wir stemmten unsere Beine mit aller Kraft gegen die Wände des Autos, unsere Muskeln waren zum Zerreißen gespannt, man sah nur nichts davon. Das passierte alles woanders.

5

Ein Lastwagen habe Tim überfahren, erzählte Lene. Als er die Kreuzung schräg überqueren wollte, toter Winkel, was auch immer, so genau habe sie dann auch nicht mehr gefragt. »Es ändert nichts«, flüsterte sie, starrte durch ihr Seitenfenster und zwirbelte eine Strähne zwischen zwei Fingern. Tims Eltern hätten am Morgen angerufen, als sie am Frühstückstisch auf ihn wartete. Das sei alles sehr schnell gegangen, er sei noch an Ort und Stelle gestorben – und ich dachte an die U-Bahn-Trasse über der Straße, an die Sparkasse an der Ecke, an die Straßenbahnschienen und das Café, in dem wir oft saßen und die Leute beobachteten, die ihre neuen Schuhe auf der Kastanienallee spazieren führten. Ich hatte noch nie einen Unfall beobachtet, aber schon hundertmal diese Filme im Kopf abgespult, wenn Krankenwagen mit ohrenbetäubendem Lärm an mir vorbeigesaust waren. Die Schuld des Lastwagenfahrers sei es nicht gewesen, berichteten Tims Eltern Lene am Telefon. Und ich wunderte mich, wie man es schaffen konnte, in einer solchen Situation über Schuld zu sprechen. Lene schüttelte lautlos den Kopf und wischte sich die Hände an ihrem Kleid ab, zupfte ein paar Fussel herunter mit glasigen Augen. »Irgendwann musste ich auflegen, weil sie sonst immer weiter geredet hätten, glaube ich«, erzählte sie. »Ich weiß nicht genau, ob ich überhaupt nach seinen Verletzungen gefragt habe und wo der Fahrer des Lasters jetzt ist und wie es ihm eigentlich geht und all das. Jetzt weiß ich, dass Tim an Ort und Stelle gestorben ist, dass er schon tot war, als der Krankenwagen kam, dass der Fahrer einen Schock hat und im Krankenhaus liegt, dass sie ihn besuchen gehen und – es ändert nichts.« Ihre Stimme war sehr leise, aber klar. Sie sprach auf einmal ruhig und ohne eine Regung, während ich das Gefühl hatte, meine Zunge würde immer größer und verstopfe meinen Rachen. »Sie sagten, ich könne vorbeikommen. Aber ich kann doch da nicht einfach hingehen und über Tim reden oder über das Wetter oder irgendwas.« – »Niemand sagt, dass du das sollst«, sagte ich. »Niemand verlangt das von dir. Es ist völlig okay.« Aber sie fiel mir fast ins Wort, wurde plötzlich auch lauter: »Aber was denken sie denn, wenn ich nicht komme? Dass es mich nicht interessiert? Dass sie mir egal sind?« Sie schluchzte und bekam einen Schluckauf vor Aufregung. Ich stoppte den Wagen an einer Nothaltebucht und nahm ihre kalten Hände in meine. »Sie wissen mit Sicherheit, dass es dir nicht egal ist.« Und wieder unterbrach Lene mich, sie sah plötzlich furchtbar aus, klein und eingefallen, wie ein wütender, ausgemergelter Zwerg, als sie fast brüllte: »Die können sich doch selbst nicht helfen, was sollen die denn jetzt tun?« – »Ich glaube, niemand weiß, was hier zu tun ist«, und dann fiel ein Kopf auf meine Schulter, und dort, wo der Schaltknüppel sich in meinen Ellbogen bohrte, war am Abend ein blauer Fleck.

Manchmal ist es so, dass man nicht heulen kann. Dass es sich sammelt irgendwo in einem, aber nicht herauskommt. Irgendetwas sagte mir, ich hätte kein Recht dazu. Jemand müsse Haltung bewahren. Also saß ich, so gut ich konnte, schief in meinem Sitz mit steifem Hals, als ein Auto neben uns auf den schmalen Standstreifen fuhr. Lene drehte sich sofort weg, ich musste mich kurz sammeln, als ein junger Mann den Kopf aus dem Auto steckte und fragte, ob er uns helfen könne. Dabei hielt er die Hand so an seine Mütze, wie ein Automechaniker in einer Fernsehwerbung, er sah so lächerlich aus, als er wie zum Gruße den Schirm seiner Mütze hochschob, das Grinsen so breit, dass es ihm fast bis an die Ohrläppchen reichte. Und ein Piercing in der kleinen Mulde unter der Unterlippe, das aufgeregt blinkte, wenn die Sonne darauf fiel. »Geht schon, danke«, murmelte ich, legte die Hände auf's Lenkrad und starrte geradeaus in der Hoffnung, dass er sich vom Acker machen würde, aber er stellte den Motor ab, stieg aus dem Wagen und streckte sich. Dann kam er zu uns herüber, klopfte mit der Faust auf die Motorhaube und lehnte sich an den Wagen: »Wo fehlt's denn?« Ich seufzte genervt und rollte die Augen, als Lene mit einem Satz aus dem Wagen sprang, wütend um die Motorhaube herumstapfte und sich wütend vor ihm aufbaute: »Hast du nicht verstanden? Es ist alles in Ordnung. Zieh Leine.« Der

Typ hob beschwichtigend die Hände, lachte aber weiterhin. »Komm mal runter, Lady. Was ist dir denn angebrannt?« Mir war mulmig, ich stieg aus und erwischte ihn fast mit der aufspringenden Autotür. Er setzte sich in seinen Wagen, streckte uns den Mittelfinger entgegen und fuhr mit quietschenden Reifen davon. Mein Herz klopfte, und auf der Ablage im Auto vibrierte mein Telefon. Als ich es mit langem Arm endlich herausgefischt hatte, verstummte es. Friedrich. Lene und ich saßen auf dem Boden neben dem Auto, sie sah mich fragend an. »Ich rufe später zurück«, sagte ich.

Friedrich hätte so etwas nie getan. Er wäre nicht gegangen, ohne sich abzusichern. Das mochte ich so an ihm damals, sein Bedürfnis nach Planung und Sicherheit und klaren Strukturen. Er hätte die Route ein paar Mal überdacht, sich eine Karte im Buchladen gekauft, die Haltepunkte festgelegt. In Gedanken sah ich seinen Blick, diesen fragenden, abschätzigen, zweifelnden Blick, dem ich so selten standhalten konnte. Dem ich nicht standgehalten hätte, wäre er mir vor der Abfahrt begegnet. Ich wusste, was er sagen würde, wenn ich nun zurückrief. Er würde uns bitten zurückzukommen, in seinem festen Tonfall, den ich ihm immer glauben musste, weil er ihn durchhielt. Manchmal kam ich mir in seiner Gegenwart vor wie ein Radio, an dessen Knopf er drehte, um den richtigen Sender zu finden, das aber immer schnarrte, und dann seinen mitleidigen Blick erntete, weil es nicht funktionierte, wie er sich das vorgestellt hatte. Gerade wollte ich von ihm nichts erklärt bekommen und keine weisen Ratschläge, ich wollte nicht wissen, was jetzt wohl das Beste sei, weil es hier nichts Gutes gab, nicht einen kleinen Fetzen. Ich konnte niemanden gebrauchen, der mit seiner Rationalität alles überdecken wollte, was nicht zu überdecken war. Jedes Wort, so glaubte ich, wäre sowieso in die Lücke zwischen uns gefallen.

»Kannst du dich noch erinnern, als Friedrich und ich für ein Wochenende nach Kopenhagen wollten?«, fragte ich Lene. Sie stand auf, ging um den Wagen herum und kehrte mit einem Joghurt in der Hand zurück. Den Joghurtdeckel warf sie ins Gras, dann nickte sie. »Er ist damals vor dem Parkhaus total durchgedreht«, erzählte ich weiter. »Wir sind über diese Poller gefahren, es hat ein bisschen geknackt, irgendetwas hat ein komisches Geräusch gemacht, ein bisschen gequietscht vielleicht. Ich hätte die Parkhauswand gestreift, meinte er. Ich war mir sicher, dass das nicht der Fall war, aber er stieg aus und wollte mir einreden, dass da diese Schramme sei, die es vorher noch nicht gegeben habe.« Ich setzte mich zu ihr, steckte meinen Finger in den noch kühlen Erdbeerjoghurt. Auf dem Weg in den Mund tropfte er mir auf die Hose. »Er hat darauf bestanden, wieder reinzugehen und das zu melden. Sofort. Nichts hätte ihn davon abbringen können. Und ich bin ihm gefolgt, schließlich bin ich gefahren. Aber er nahm mir den Schlüssel aus der Hand und marschierte zurück ins Büro der Autovermietung, ich kam kaum hinterher vor Empörung. Als ich dazustieß, sagte er gerade, er habe den Wagen gefahren. Und ich musste dazwischengehen und sagen, dass ich gefahren bin – und die haben sich das angeschaut, in den Papieren einen Vermerk gemacht, und alles war kein Problem. Bis nach Rostock hat er kein Wort mehr mit mir gesprochen. Und die Fähre haben wir auch verpasst.« Lene hängte den leeren Joghurtbecher an einen Zweig, der vom Boden aufragte, und sagte: »Friedrich geht nie ein Risiko ein.« Sie machte eine kurze Pause, und ich schloss die Augen. »Manchmal tut er wie ein Stagediver, der sich nicht traut zu springen.« Als ich die Augen wieder öffnete, tanzten vor ihnen winzige weiße Fliegen. So dicht und flirrend, als hätte ich einen Sehfehler. Ich hatte immer gedacht, ich würde mich in Menschen nicht verstolpern. Mit dem Hinterkopf lehnte ich an der Karosserie des Wagens, es fühlte sich beinahe an wie eine warme Hand.

»Es ist so laut in mir drin, ich habe das Gefühl, ich platze jeden Moment.« Lene schnipste mit dem Finger in einem schnellen Takt immer wieder gegen den Joghurtbecher. »Ich habe Angst. Ich habe plötzlich vor so vielem Angst, dass ich glaube, ich werde verrückt, wenn das nicht bald weggeht. Ich kenne das nicht, das ist neu, dass ich nicht weiß, wohin mit mir. Es klingt vielleicht bescheuert, aber es rattert die ganze Zeit, ich kann gar nichts dagegen tun. Das Denken an früher und dass jetzt auch vorgestern schon zu früher gehört und wie er gerochen hat und dass ich sofort alles vergesse, dass jetzt schon alles verschwimmt und ich mir selbst so leid tue und seine Eltern und sein Bruder und dass ich nicht weiß, wie ich mit so einer Angst jemals wieder zurückfahren kann oder in meinem eigenen Bett schlafen oder studieren gehen oder irgendetwas.« Sie sagte das ganz ruhig, aber mir standen sofort Tränen in den Augen. Sie wischte sich mit dem Handrücken über die Stirn. Für ein paar Sekunden glänzte ihre Haut. »Ich habe Angst davor, dass ich Tim nicht richtig kannte. Dass ich mich vielleicht geirrt habe in dem, wie er war. Dass er vielleicht ganz anders war und ich es nicht mitbekommen habe. Das kann doch sein.« – »Du kanntest ihn so, wie du ihn kanntest«, sagte ich. »So kannte ihn niemand.« Ich legte meinen Kopf auf die Knie, in meinem Blick nur Jeans und Haare und Gras und manchmal zwei Fliegen. Es war so still, dass ich dachte, Lene habe sich vielleicht in Luft aufgelöst. Und als ich aufschaute, um mich zu vergewissern, da war sie woanders, da lag ihr Blick auf dem Waldrand, da zuckte nichts in ihrem Gesicht, es sah aus wie photographiert, sie rührte sich nicht und vielleicht atmete sie auch nicht, bis sie mich plötzlich unverwandt ansah und erzählte, wie sie sich einmal, in ihrem ersten Winter, morgens am Alexanderplatz getroffen hatten. Sie stiegen in Lenes Auto, und der Nebel des Morgens verzog sich langsam, als sie aus der Stadt fuhren in diesen kleinen Vorort, in dem jedes zweite Haus zu verkaufen war und nur alte Herrschaften durch die Straßen wackelten, die Arme ineinander eingehakt. Sie liefen nur nebeneinander her und sagten nichts und froren, als sie am Ufer des kleinen Sees standen. Als der Nebel zurückkam am Abend, hatten die paar Geschäfte im Ort schon geschlossen. Lene und Tim erzählten sich gegenseitig Witze und dann plötzlich wollte er in die

Kirche gehen, nur kurz. Ihr war ganz seltsam zumute dabei, denn sie hatte ihn noch nie auf so einer Holzbank sitzen sehen, mit gesenktem Kopf. Der lag sonst nach langen Nächten einfach auf ihrem Bauch und sah jetzt plötzlich so fremd aus, wie ihm da die Strähnen ins Gesicht hingen und er die Augen geschlossen hielt, in sich selbst ruhend, weit entfernt von allem, auch von ihr. Beim Hinausgehen erwischte sie mit der Jacke einen Stapel Notenblätter, der auf einem kleinen Tisch neben der Eingangstür lag neben ein paar Bibeln und Gesangsbüchern. Die Blätter segelten langsam zu Boden, eines sogar fast durch die offene Tür hinaus ins Dunkel des Abends. Tim trat fast drauf, hob es dann aber auf, faltete es zusammen und steckte es in seine Jackentasche. Er legte den Arm um sie, und sie gingen zum Auto zurück, sie noch immer ein bisschen verwirrt, aber froh beim Geräusch der sich langsam in Fahrt brummelnden Heizung im Wagen. Sie fuhren langsam über die kleinen Landstraßen und Dörfer, die so dunkel dalagen, dass sie sich fragte, ob da überhaupt jemand wohnte oder ob das alles nur Kulissen seien, Häuser aus Pappmaché ohne Rückwand. Und während sie nachdachte, eigentlich völlig zufrieden, sagte er plötzlich in die Stille hinein: »Mach dir keine Sorgen. Das muss so sein. Dass man sich manchmal nichts zu sagen hat.« Sie schaute ihn verwundert an, aber er blickte auf die Straße und redete weiter: »Das passiert oft bei Menschen, bei denen man nervös ist, weil man Angst hat, dass es schiefgeht. Weil man immer denkt, man könnte zu viel oder zu wenig sein. Das sind die Menschen, an die man sich immer erinnern wird, die man nicht loslassen kann und die einen nicht gehen lassen.«

Nun hielt Lene inne. »Ich hatte nie das Gefühl gehabt von Zweifel oder so was, und ich wusste nicht, wie er darauf kam, mir könnte unser Schweigen unangenehm sein. Aber wir sprachen auch nie wieder drüber. Ich hatte diesen Tag bis eben ganz und gar vergessen«, sagte sie und schaute auf ihre Finger, die so weiß auf ihren Beinen lagen, als gehörten sie jemand anderem. Dann sprang sie auf, reichte mir die Hand und sagte: »Wir müssen weiter.« Und es wurde wieder still.

6

Als ich in den Rückspiegel schaue, ist es plötzlich wieder da, so plötzlich, als habe jemand einen Kieselstein von einer Brücke auf die Motorhaube fallen lassen. Es piekt mit seinen Fingernägeln in meinen Nacken, ich muss mich nicht einmal umschauen, ich muss mich nicht vergewissern, denn in Bezug darauf habe ich mich noch nie geirrt.

Ich dachte immer, man würde mutiger mit den Jahren. Bei dir scheint das funktioniert zu haben, du sitzt dort und schaust einfach nach vorn und würdest nicht auf die Idee kommen, auf dem Rücksitz jemanden zu vermuten, eine alte Freundin, eine alte Feindin, die sitzen ja doch meistens nebeneinander. Ich schaue mich an. Mein Gesicht ist ein bisschen unscharf im Rückspiegel, eine Strähne steht schräg von meinem Ohr weg. Ich kann über meine Schulter hinwegsehen. Dein Handy vibriert in der Schlüsselablage, ich erschrecke, mein Herz klopft, dich kostet es nur einen kurzen Seitenblick und einen Fingerdruck auf die richtige Taste. Dann ist es wieder ruhig. Du fährst, als hättest du nie etwas anderes getan, als könntest du dir dabei problemlos ein Omelett braten, das Lexikon auswendig aufsagen und Memory spielen.

Mit den Jahren ist alles anders geworden, und ich wünsche mir eine Angst von früher zurück, irgendeine, die vor dem Dunkel zum Beispiel. Es gab so einfache Lösungen damals. Für die Angst vor dem Sprung und für das Unbehagen vor dem ersten Schultag. Da war immer jemand, der das schon einmal erlebt hatte, immer jemand, der wusste, was zu tun war, damit es aufhört. Die Ängste von früher waren nicht einzigartig, nur lauter kleine Duplikate. Man formulierte dann Ablenkungen, meistens die anderen, und zusammen sang man Lieder dagegen. Ja, die Ängste waren so, dass man Lieder singen konnte, damit sie kleiner wurden. Das hat tatsächlich funktioniert und ihr Verschwinden merkte man kaum.
Die Angst von heute sieht anders aus als früher, sie ist älter geworden, etwas konfuser und aus der Form geraten. Sie klingelt nicht, sie kündigt sich nicht an, sie ist einfach da und lässt sich nicht wegsingen. Ich kann dir nicht sagen, dass sie da sitzt, denn du würdest an den Rand fahren und meinen Kopf in deine Hände nehmen, wo vorher noch das Lenkrad war. Wahrscheinlich wäre dann alles wieder gut, aber ich

möchte dich nicht brauchen müssen, nicht jetzt schon. Du würdest deinen Arm um meine Schulter legen und mich hin und her wiegen und mit ruhiger Stimme sprechen, und ich würde mich für verrückt halten und nach ein paar Minuten sagen, es sei wieder okay. Vielleicht würdest du aus dem Fußraum eine alte Zeitung fischen und beginnen mir vorzulesen, kein großes Tamtam, nur meinen Blick umklammert halten, einen neuen Fokus suchen, damit ich mich konzentriere. Den Rest der Fahrt würde ich mich einfach nicht mehr umdrehen.

Wenn ich dir nicht sage, dass sie da sitzt, die Angst, dann gibt es keinen Grund anzuhalten. Du fährst uns ans Meer und alles wird gut. Ich setze mich auf meine Hände und halte es aus, ich bin alt genug, und du kurbelst das Fenster herunter. Dich anzusehen und schon in diesem Moment zu merken, wie du mich veränderst, wie du dich mit jedem Kilometer in diesem Auto unentbehrlicher machst. Es ist so, es ist schwierig, dich nicht permanent an der Hand halten zu wollen.

Also schiebe ich die Finger unter meine Oberschenkel und verhalte mich ruhig. Es stimmt nicht, dass die Angst verblasst mit der Zeit. Sie hat es sich einfach nur bequem gemacht, und ich bemühe mich, sie zu übersehen. Das dürfte so schwierig nicht sein, sie ist ja nichts Neues.

Manchmal kamen mir Ortsnamen bekannt vor, dann verwarf ich eine vermeintliche Erinnerung wieder und wusste, ich war hier noch nie gewesen, hatte hier nie eine Gaststätte besucht oder ein Museum, einen Bauernhof besichtigt oder mit Menschen gesprochen. Mir wurde ein bisschen mulmig bei dem Gedanken, hier noch tagelang herumzugondeln, wir hatten noch immer kein Ziel, und Lene sah mit ihren in den Unterarm gekrallten Fingern nicht so aus, als hätte sie gleich die rettende Idee. Manchmal legte sie mir ihre Hand aufs Bein, ganz beiläufig und kaum zu spüren durch den Stoff der Hose. Das war ihre Art, Kontakt aufzunehmen, wir fuhren herum und sie hatte ihre Hand auf meinem Bein und ich musste hinsehen, um zu sehen, ob sie noch da war oder schon wieder dabei, trockene Haut von verschiedenen Stellen des Körpers zu pulen.

Für mich war Lene nie ein kleiner Mensch gewesen, aber jetzt wirkte sie winzig, manchmal fast durchsichtig. Nahm ich sie in den Arm, fühlte ich mich viel größer und breiter, viel stärker als früher. Wenn sie einschlief, rasten ihre Pupillen hinter den Lidern wie verrückt hin und her, und manchmal schreckte sie aus ihrem Sekundenschlaf auf, schaute sich panisch um, schluckte laut, sah mich an und fiel dann zurück in den Sitz, als habe sie erwartet, woanders zu sein.

Ich versuchte mir vorzustellen, wie es ohne Tim sein würde, wie ich Lene in der Uni treffen würde, allein, ich dachte an Silvester und Weihnachten, an die Semesterferien und wie wir vielleicht einen Abschluss machen würden, eine Party feiern dazu, aber es funktionierte nicht. Gern hätte ich Lene ewig in diesem Auto herumgefahren wie in einem Faradayschen Käfig. Aber nichts prallte an den Außenseiten des Wagens ab. Es wurde nur für einen Moment leiser, als wir staunend und fast geblendet am Rande eines gelben

Rapsfeldes standen, die Hände an die Stirn gelegt als Schutz vor der gleißenden Sonne. Sie nahm mich an der Hand, die Finger kalt wie immer, das neue Immer, und wir liefen in das Feld hinein, die gelben Pflanzen reichten uns bis über die Bäuche.

»Das sieht alles so harmlos aus«, sagte Lene, als wir in der Mitte des Feldes angekommen waren und sie sich erst ein paar Mal langsam im Kreis drehte und dann auf den Boden fallen ließ. Wir lagen auf dem Rücken auf brauner, trockener Erde, und in unser Blickfeld ragten nur gelbe Blumen und ein paar Fetzen weißer Wolken. Letzten Sommer hatte ich mit Friedrich in Schweden in einem Sonnenblumenfeld gelegen und gelacht, weil er sich über die Insekten beschwerte, die auf uns herumkrabbelten und über uns hinweg flogen. Er amüsierte mich, weil er mir den Rücken abklopfte, an dem noch Erde klebte, als wir wieder aufstanden, weil er seine Hosen noch im Auto von Krümeln befreite, und ich nannte ihn den Rest der Tage einen alten Uhu, weil ihm Landschaften absolut nichts ausmachten, er aber stundenlang vor den Fassaden alter Kirchen stehen konnte, eine Hand hinter dem Rücken, den kleinen Finger leicht abgespreizt. Er studierte Fensterbögen und Putzdichte, Stuckkunst und Mauerrillen akribisch. Und er wollte in Ruhe gelassen werden dabei. So gingen wir unserer Wege, wir anderen, und holten ihn irgendwann wieder ab, und ich ließ mir erzählen von seinen Reisen in die Vergangenheit, aber konnte ihm nichts entgegnen, weil ich immer das Gefühl hatte, es langweile ihn, ich sei ihm nicht gewachsen. Er machte Fotos von Engeln und ich von Blumen. Und unsere

Eltern schauten begeistert. Eigentlich war es egal, was für Bilder wir aus dem Urlaub mitbrachten, Hauptsache, wir waren gesund.

Ein Schwarm Vögel machte nun über uns Kreise am Himmel, sie flogen im Oval auseinander und wieder zusammen, Schrägstriche auf einer blauweißen Leinwand, wie flüchtig darauf geworfen, nicht gleichmäßig verteilt. Lene streckte ihre Hand aus wie zur Begrüßung. Die Vögel blieben beieinander. Und es sah gut aus, wie sie da beieinander blieben und niemanden zurückließen hinter einem Zipfel Wind. »Wie machen die das, dass die sich nicht treffen?«, fragte Lene mit ausgestrecktem Arm. »Warum bauen die keine Unfälle da oben?«

7

Sie lag im hinteren Teil des Wagens und hatte sich eine Decke um die nackten Füße gewickelt. Sie hatte geweint, und wir waren noch ein Stück an der Straße entlang gelaufen, die direkt auf ein Dorf zuführte, das man aus der Ferne schon erkennen konnte, ein paar Dächer, ein bisschen weiß und grau, mehr sahen wir nicht. Aber es war genug, um zu wissen, dass wir noch eine Weile hier bleiben wollten. Wo noch niemand war außer uns und einem Hochsitz am hinteren Rand des Feldes. Ihre Eltern hatten noch einmal angerufen, und sie hatte gesagt: »Wir bleiben noch. Wir kommen noch nicht zurück.« Das war eine Ansage und auch eine Art Plan. Nachdem Lene aufgelegt hatte, liefen ihr ein paar Tränen über die Wangen und dann stellte sie sich vor mich, wie sie es tut, wenn sie will, dass man ihr zuhört, dass man nicht weitergehen oder sie überhören kann. Sie streckt dann die Knie so sehr durch, dass es einen schmerzt. Für Lene war es das Natürlichste der Welt, so dazustehen, sich aufzubauen, ihr Blick war aber nicht so gerade und entschlossen wie sonst. Ihr klebten die Wimpern zusammen, sie hatte ein paar dunkle Flecken auf der Stirn, ein Äderchen im linken Auge war geplatzt und das Blut zog sich in winzigen Fasern in das Weiß. Sie machte mir Angst, das fröhliche Gesicht mit den roten Wangen und den vielen Leberflecken war verschwunden, ihre Haut war so weißgrau, dass man fast hindurch sehen konnte. Wie Butterbrotpapier. »Du musst hier nicht mit mir herumfahren«, sagte sie und schaute an mir vorbei auf den Boden. »Du kannst nach Hause fahren, ich setze dich irgendwo ab. Aber ich kann dorthin noch nicht zurück. Ich hoffe, du verstehst das.«

Fast fand ich sie lächerlich, wie sie da stand und versuchte, sich zu erklären, obwohl hier niemand eine Erklärung verlangte, ich jedenfalls nicht. Und sie wühlte mit ihren Schuhspitzen im Staub des Randstreifens, als ich meine Hände auf ihre Schultern legte und für einen kurzen Moment lächelte. »Es ist okay«, sagte ich. »Ich will nirgendwo anders hin.« Dass ich gelogen hatte, wurde mir erst bewusst, als ich ihr die Decke in den Kofferraum reichte. Als ich die Autotür nur anlehnte, während Lene wieder die Augen schloss. Wenigstens hatte sie noch einen Apfel gegessen und aus der

Wasserflasche getrunken. Ich wollte irgendwo anders hin, aber ich wusste nicht, wo das war.

Ich überwand einen kleinen Graben und machte ein paar Schritte auf das Feld. Zwischen den Blumen lag die Erde in groben Brocken. Wenn man drauf trat, brachen sie ein, und nach zwei, drei Schritten klebten mir kleine Plateaus an meinen Sohlen. Ich lief in Richtung eines Windrades, das in hundert Metern Entfernung in die Höhe ragte. Es überraschte mich, dass ich es direkt erreichen konnte, dass da kein Zaun war oder irgendetwas. Alles rauschte, als ich darunter stand, und ich bekam eine Gänsehaut im Nacken. Ich versuchte, die Tür zu öffnen, sie war verschlossen, dann lehnte ich mich mit dem Rücken an das kalte Metall. Die Windräder standen hier verstreut in der Gegend herum, sie leuchteten nachts rot, von weitem hatte ich gestern Abend ein paar gesehen. Mit blinkenden Lichtern wie Leuchttürme, damit niemand dagegen fliegt, aber ohne Wegweisungsbefugnis. Das Deckenknäuel im Wagen regte sich nicht, es hätte auch einfach viel Gepäck sein können. Und plötzlich wollte ich ans Meer.

Pausen wie diese fraßen Kraft mit dicken Backen, weil sie keinen offensichtlichen Grund hatten. Aber wir konnten rauchen, unsere Beine ausschütteln, vielleicht eine Runde um das Auto drehen, ein bisschen herumstehen und sagen, wie schön es hier doch eigentlich sei. Und dass wir das früher auf dem Weg an die Küste kaum wahrgenommen hatten, weil es eben nur auf dem Weg lag, aber nicht das Ziel war. Die Strecken an sich waren meistens uninteressant gewesen, uns hatte gejuckt, wo es hingeht, obwohl man es uns immer anders erklärt hatte in der Schule. Wir spielten lieber Karten auf dem Rücksitz, schliefen und fragten, wie lange es noch dauern würde. Und niemand hörte zu, als Vince einen Tag Pause machen wollte auf dem Weg nach Göteborg, »um noch etwas anderes zu sehen, einfach einen Tag bleiben«. Wir winkten ab, wir würden doch nur Zeit verlieren, wir hatten noch so viel vor. Er fragte nicht noch einmal.

Und nun schaute ich am Windrad hinauf und danach auf den Boden, meine dreckigen, mit Lehmerde beschmierten Schuhe. Nichts hatte eine klare Umrandung, alles lief ineinander, auch der Leberfleck auf meinem rechten Arm hatte früher einmal anders ausgesehen, bestimmt. Satt grüne Büsche streckten ihre Äste auf einen kleinen Weg am Rand des Feldes, Springkraut wuchs dazwischen. Ich lief langsam und hielt Ausschau nach ein paar Schoten, die dick genug waren, um bei Berührung zu zerplatzen und ihr Inneres nach außen zu schießen. Früher steckten wir uns kleine Ziele, von Busch zu Busch sprangen wir und hörten nicht auf, bis wir wieder an den ersten Gartenzäunen angekommen waren, die am Rande der Siedlung meiner Großeltern standen und den Wald von der Stadt trennten, die Sonntage vom Rest der Woche. Bei den Gesprächen der Erwachsenen hörte ich nie zu, aber ich nahm die Wolke ihrer Stimmen wahr. Und als ich in der Lage gewesen wäre, den Sätzen und Argumenten aufmerksam zu folgen, weigerte ich mich, diese Spaziergänge mitzumachen, und blieb im Haus bei der Katze, sah ein bisschen fern, fütterte die Fische im Teich und freute mich auf den Geruch frischen Kaffees, den sie immer aufsetzten, wenn sie wieder heimkamen. Noch in der Jacke, aber ohne Schuhe ging meine Großmutter jedes Mal in die Küche und löffelte das Pulver aus einer bunten Dose in eine Filtertüte. Abgelegt wurde erst danach, wenn das beruhigende Gurgeln der Kaffeemaschine zu hören war, und ich mochte die Ruhe, die dann auf Knopfdruck einkehrte. Es schien, als könnten sie immer nur miteinander reden, wenn sich ihre Füße dabei bewegten.

Lene und ich würden ans Meer fahren, das war ein gutes Ziel. Jetzt hatte die Weite ein Ende bekommen, jetzt konnte man sie berechnen, zumindest etwas abschätzen, und zum ersten Mal seit einer gefühlten Ewigkeit war ich froh. Oder so etwas wie erleichtert. Auf jeden Fall löste sich ein Krampf in meiner Brust, und meine Füße bewegten sich fast von allein. Ich ging zum Auto und vergewisserte mich, ob Lene noch schlief. Staub setzte sich an den Rändern meiner Schuhe ab, der Weg war trocken, die Sonne schien mir in den Nacken und Lene, wie ich erkennen konnte, durch die Scheiben genau auf den Bauch. Ich machte kleine Schritte und nach jedem vierten drehte ich mich um, um da zu sein, falls sie aufwachte. Bei Schritt 32 stieß ich mit dem Fuß gegen etwas Weiches. Es fauchte, ich schrie kurz auf und machte einen Schritt zurück. Vor mir lag ein rotbrauner Fuchs. Seine Augen starrten mich an, er hechelte. Vielleicht versuchte er zu fliehen, er wand sich, aber er kam nicht von der Stelle, seine beiden Hinterbeine hingen wie Steine an seinem Bauch, seine Stirn glänzte wie seine Schnauze. An der Hüfte hatte er einen kleinen grauen Fleck. Ich steckte meine schweißnassen Hände in die hinteren Hosentaschen und dachte an Tollwut. Darüber wusste ich nichts, ich erinnerte mich nur daran, dass ich früher nie die Brombeeren essen durfte, die unten am Strauch hingen. Der Fuchs ließ mich nicht aus den Augen. Irgendetwas schien ihn still überwältigt zu haben, sein hinterer Teil hing in den kleinen Graben zwischen Feld und Wegrand, die Vorderfüße lagen auf dem Weg. Als habe er Angst, so sah er aus mit seinen riesigen Augen in den felligen Höhlen, wie Puppenaugen mit langen Wimpern, dunkel und unbeweglich. Wie lange er da wohl schon gelegen haben mochte? Mein Blick wanderte zum Auto und von dort auf ein Windrad, auf meine Füße, zu ihm, in den Himmel. So stand ich eine Weile, er kam langsam zur Ruhe, und als er zum ersten Mal seit unserer seltsamen Begegnung wirklich still hielt, bewegte sich Lene im Wagen. Ich war immer noch bei Schritt 32 und sah, wie sie sich die Augen rieb. Dann rannte ich. Schnaufend kam ich am Wagen an, sie hob gerade ihre Füße auf den Rasen und fragte: »Wo warst du?« – »Nur ein Stück gegangen, ich war nicht weit weg.« Ich hockte mich vor sie und legte meinen Kopf auf ihre nackten Knie. Sie legte ihre Hände auf mein Haar, ihre kalten Finger in meinen warmen Haaren. Und ihre Fingernägel sahen nicht aus wie die eines Mädchens aus der Stadt. Von oben tropfte eine Träne auf meine Nase und rollte die Wange herunter. Dort hinterließ sie ein Kitzeln, einen Streifen, der ein bisschen kälter war als der Rest des Gesichts. Lene konnte noch immer weinen, ich hatte das Gefühl, schon völlig leer zu sein. »Dahinten liegt ein Fuchs«, sagte ich und setzte mich auf den Boden. Ich zog die Schuhe und die Socken aus, rieb mir die Fersen, wackelte mit den Füßen. Ein bisschen Erde klebte sofort an meiner Fußsohle. Nach und nach rupfte ich ein paar Grashalme mit großem Zeh und Zeigezeh aus dem Boden. Lenes Beine standen neben meinen Schultern wie zwei kräftige Arme, sie zog Rotz die Nase hoch. »Wie – da liegt ein Fuchs?«, fragte sie verwundert. »Ich bin eben ein Stück den Weg da hinunter gegangen, und da liegt ein Fuchs am Waldrand, der kann seine Hinterbeine nicht mehr bewegen und kommt nicht vom Fleck. Vielleicht stimmt auch was mit seinen Vorderbeinen nicht, jedenfalls liegt er da und guckt. Ich bin beinahe auf ihn drauf getreten.« – »Du bist was?«

Lene kletterte über mich und aus dem Wagen hinaus, sie rieb sich die Hände an ihrem Kleid ab, und ich folgte ihr den kleinen Weg bis zu dem rotbraunen Fellknäuel, das jetzt wieder fauchte und dem Speichel aus dem Mund lief. »Ich glaube, er hat Durst«, sagte Lene, und ich legte meine Hände auf ihre Hüfte. Sie war warm.

Auf dem Weg ins nahe Dorf arbeitete Lene an ihrem Gesicht. Mit dem Finger zog sie sich die Augenbrauen nach, strich ein paar Mal über ihre Schläfen, klopfte mit den Fingerkuppen darauf herum. Sie zupfte sich den Pony aus der Stirn, klatschte sich mit den Handflächen auf die Wangen und schien selber bemerkt zu haben, wie blass sie war. Laut überlegte sie, was wir nun tun sollten, als sie kleine Hautfetzen aus ihrem Mundwinkel riss und aus dem Fenster schnippte. Jemanden nach dem Förster fragen. Die Polizei alarmieren, die seien doch hier auf dem Land vielleicht für so etwas zuständig. »In der Stadt nicht?«, fragte ich. »Da jagen sie Gangster, schreiben Falschparker auf, schimpfen höchstens über tief fliegende Tauben und verknacken die dazugehörigen Omis mit Futtertüte.« Sie beugte sich nach hinten, um die Decke hervorzuzerren, in die man das Tier hätte wickeln können. Ihre Finger lagen auf ihrem Schlüsselbein, ich fand sie sehr schön. Ihre Haltung erinnerte mich ein bisschen an meine Großmutter, die immer unglaublich um uns besorgt gewesen war. Bei jedem Waldspaziergang, wenn ich an Büschen und Sträuchern zerrte, Äste abrupfte oder in Pfützen hüpfte, zählte sie die Folgen einer Tollwuterkrankung auf, so oft, dass meine Cousinen und ich diese manchmal in unsere Handklatschspiele mit einbauten, bei denen man sich gegenübersteht, die Handflächen mit dem ausgestreckten Arm von sich weg hält und beginnt, sich in den abstrusesten Reihenfolgen abzuklatschen. Dazu sagte man Sprüche und Wortfolgen auf. Wer sich von Großmutters benannten Krankheitsbildern mehr gemerkt hatte, gewann. Wer nicht weiterwusste, war der Verlierer. Und irgendwann begannen wir Kinder damit, uns weitere schlimme Symptome wie das Wachsen von Tierkörperteilen oder bunte Flecken auf Armen und Beinen aus den rot geklatschten Fingern zu saugen, um zu gewinnen. Irgendjemand verlor im Laufe des Spiels meistens die Lust, der Gewinner triumphierte. Der andere hatte etwas Neues gefunden, das seine Aufmerksamkeit fesselte, und es war ihm egal. Wenn sich niemand ärgerte, schmälerte das den Sieg, und irgendwann hörten wir auf mit diesem Spiel und lasen schweigend die *Bravo* auf der Schaukel hinter dem Haus, bis man uns zum Essen rief.

Als wir das Ortsschild passierten, richtete sich Lene in ihrem Sitz auf, zeigte auf ein Haus und juchzte fast: »Guck mal, das sieht fast so aus wie das deiner Großeltern.« Sie war unruhig, aufgeregt, aber ich war froh, dass dieser Fuchs sie abzulenken schien. Und mit dem Haus hatte sie Recht. Letzten Winter waren wir hingefahren. Meine Großmutter verreiste immer mit ihren Freundinnen über Silvester, am Wochenende sollte ich die Katze füttern und wollte nicht allein an den Stadtrand fahren, also fragte ich Friedrich beim Abendessen auf dem Sofa, ob er mitkäme. Berlin war leise in diesen Tagen, die Weihnachtsmärkte waren abgebaut, und die Menschen rieben sich ihre Festtagsbäuche.

Wir trafen uns in Pankow unter der Brücke am S-Bahnhof. Alle trugen Mützen, und während der Fahrt redete niemand. Als draußen vor dem Fenster die Häuser weniger wurden, drückten wir uns wie Kinder die Nasen an den Scheiben platt, während unter unseren Beinen die Heizung surrte. Die Hosen wurden warm, während die Füße kalt blieben. Schnee lag nicht, das Wetter hatte sich irgendwie verkalkuliert, aber wir hörten nicht auf zu hoffen und schickten manchmal Stoßgebete in den grau melierten Himmel. »Eigentlich haben wir perfekte Konditionen für Schnee«, sagte Tim. Aber es passierte nichts, und ich meinte noch, dass man oft perfekte Konditionen für irgendetwas habe, aber doch nichts dabei herumkomme. Tim rollte mit den Augen, und dann schwiegen wir wieder. Immer zwei hielten sich an den Händen, und ich fand es komisch, dass

Friedrich die ganze Fahrt noch keinen Ton von sich gegeben hatte. Er fiel beim Laufen immer ein Stück zurück, ich zog ihn fast hinter mir her. Irgendetwas war los, aber ich hatte keine Lust zu fragen. Schließlich war er alt genug, um seinen Mund aufzumachen. Er war oft so still, und ich fragte, und er antwortete mir nicht, weil er der Meinung war, ich verstünde ihn nicht, er müsse das mit sich klären. Und wenn ich noch einmal fragte, ihn um Erklärung bat, schüttelte er nur den Kopf. Dieses Kopfschütteln mit dieser Mütze darauf konnte ich jetzt nicht ertragen, also fragte ich nicht, und wir liefen über die unebenen gepflasterten Bürgersteige, die uns vom Bahnhof zur kleinen Doppelhaushälfte meiner Großmutter brachten. Ich schloss die schwere, dunkelbraune Holztür mit der bunt gemusterten Glasscheibe auf, an der noch ein Tannenzweig baumelte. Die Hecke sah ausgemergelt aus, das Vogelhaus stand ein bisschen einsam auf seiner Stelze mitten auf dem kleinen Stück Rasen im Vorgarten. Wenn jemand von innen die Tür öffnete, konnte man ihn kommen sehen, aber nicht genau erkennen. Früher hatte ich mir ein Spiel daraus gemacht, an den Schritten auszumachen, wer öffnete, Oma oder Opa. Nach diesem einen Winter, in dem ich viel Zeit mit meinen Eltern an einem Krankenhausbett in einem beigefarbenen Zimmer verbracht hatte, war es immer nur noch meine Großmutter gewesen, und damit war auch dieses Spiel hinfällig geworden.

Die Katze saß auf dem dunkelgrauen Sofa, als wir das Wohnzimmer betraten. Sie hockte dort und guckte uns an, als hätten wir sie gerade beim Fernsehen gestört. Man hörte nur das Rascheln unserer Jacken, der Winterstoffe und das

Kratzen von Wolle, ein paar Schritte. Ich öffnete die Glastür zum Garten, die anderen standen mit den Händen in den Taschen herum. Ganz langsam machte sich die Katze auf den Weg nach draußen, immer wieder skeptische Blicke auf uns werfend. Vor der Tür putzte sie sich die Pfoten und kehrte uns den Rücken zu. Meine Haare klebten elektrisch aufgeladen an meiner Mütze, als ich sie absetzte. Sie legten sich auf mein Gesicht, in meine Mundwinkel. Lene hatte die alten Fotos in der monströsen Schrankwand entdeckt und quiekte hin und wieder entzückt, obwohl sie die meisten Menschen darauf gar nicht kannte und noch nie gesehen hatte. Friedrich folgte der Katze nach draußen, und durch das Fenster in der Küche konnte ich sehen, wie er auf dem breit gepflasterten Weg stand, der zur großen Eiche im hinteren Teil des Garten führte und kurz vor der Hecke in einen winzigen Platz mündete. Der Teich war mit einer Plane abgedeckt, und Friedrich ging den Weg bis zum Ende, wobei er jede Platte mit mindestens einem Fuß berührte und nicht auf Linien trat. Auf dem kleinen Rondell machte er eine Kehrtwende und kam wieder zurück. Friedrich setzte sich auf die Schaukel, die neben dem Weg stand, saß nur da und schaute auf seine Schuhspitzen, bis Lene ihn ins Haus rief. Vielleicht hätte ich diejenige sein sollen, die ihn ruft.

Die Stimmung war sonderbar gewesen, vielleicht konnte man aber nur schweigen zwischen diesem schweren Holz und dem Geruch von Desinfektionsmittel und Raumspray. Später wurde uns warm, die Wangen röteten sich, und die Katze schnurrte unter dem gekachelten Couchtisch zu unseren Füßen. Wir zündeten Kerzen an, und Friedrich fragte, ob wir Vorsätze gefasst hätten für das neue Jahr. Ich erschrak, weil es der erste richtige Satz war, den er sagte, seit wir hierher gekommen waren. »Ich überlege immer erst am Ende des Jahres, was ich für Vorsätze gehabt haben könnte, wenn ich weiß, was ich geschafft habe«, grinste Lene. Man rührte abwechselnd im Tee, wir hatten jetzt auch Schuhe und Jacken abgelegt, draußen wurde es langsam dunkel. Die Katze schnarchte auf meinem Fuß, ich spürte ihren Atem durch die Socken. »Und du?« Die Frage ging an Friedrich. »Ich weiß nicht. Wenn ich mir überlege, was sein soll, lande ich irgendwie automatisch bei den Dingen, die schon sind. Ich kann nicht sagen, was genau, aber ich habe das Gefühl, es muss sich etwas ändern.« Später, bei der Rückfahrt, tat es immer noch weh, wo ich mir auf die Zunge gebissen hatte, und es dauerte ein paar Tage, bis ich auf der rechten Seite wieder einwandfrei kauen konnte.

Lene zuppelte an den Rändern ihres Kleides und an den Trägern. Sie säuberte mit einem Taschentuch und Spucke ihre noch teilweise braun mit Erde besprenkelten Schienbeine. »Woran hast du gerade gedacht?«, fragte sie mich, als wir langsam auf das Ortseingangsschild zufuhren. »An nichts.« Dann sagte sie, mehr zu sich als zu mir: »Ich muss die ganze Zeit denken. Es hört nicht auf. Und ich weiß nicht einmal, ob das alles wirklich Erinnerungen sind. Vielleicht war eigentlich alles ganz anders. Ich habe jetzt schon das Gefühl, mich nicht richtig zu erinnern.« Wieder klappte sie den Sonnenschutz auf und schaute in den Spiegel. »Ich brauch irgendwas zu tun, sonst drehe ich durch. Ich kann nicht mehr denken, weil er dann ständig da ist, weil wir ständig da sind, und weil ich das Gefühl habe, jemand bläst in mir einen Luftballon auf, der alles zur Seite schiebt und alles verdrängt. Der keinen Platz lässt für mich, und es quietscht und presst sich in alle Ecken meines Körpers. Meine Hände halten das nicht aus. Und ich hab das Gefühl, dass alles ein bisschen besser wäre, wenn ich irgendetwas zu tun hätte.« Ich schloss die Finger fest um das Lenkrad und schluckte.

8

Wir hielten auf dem Parkplatz eines Wirtshauses am Ende der Ortschaft. Lene öffnete die Tür und schlüpfte wieder in ihre Sandalen. Ich warf einen Blick in den Rückspiegel und wusste nicht genau, was sie vorhatte, aber sie wirkte entschlossen. Vielleicht hätten wir dem Fuchs einfach ein bisschen Wasser dalassen sollen, vielleicht hatte ihn schon jemand gefunden, vielleicht war es längst zu spät. Lene ging mit schnellen Schritten die kleine Treppe zur schweren Eingangstür hinauf, daneben stand ein Schild auf drei Beinen: Bratkartoffeln, vier Euro. Extra knusprig. Lene drückte ihre Schulter gegen die Tür, und nichts passierte. Erst als ich mich mit meinem Gewicht dagegen stemmte, öffnete sie sich, und uns schlug der Geruch von geschmorten Zwiebeln entgegen. Die Gaststube hatte holzvertäfelte Wände, an denen Schwarzweißfotos von Häusern hingen. Überall, in jede Lücke war noch eins gequetscht worden. Die meisten waren gerahmt, andere hatte man in die schmalen Ritzen zwischen Rahmen und Wand gesteckt, wo sie mal besser, mal schlechter hielten. Irgendwo klapperte Geschirr, eine Radiostimme zählte gerade die Staus in der Gegend auf oder in irgendeiner anderen. Aus einem Nebenraum ertönte ein Pfiff. »Guten Tag«, sagte ich lauter als gewollt. Auf einer Eckbank saß ein in sich zusammengefallener, dicker Mann, der nun aufsah. Ihm hing das Hemd aus der Hose, seine Sachen hatten alle einen ähnlich grünbraunen Farbton, seine schwieligen Hände hatte er ganz um ein kleines Schnapsglas gefaltet, das zwischen seinen Fingern fast verschwand. »Ach nee«, entfuhr es ihm. »Hallo«, sagte Lene leise und schaute mich fragend an, drehte die Schulter ein, als wolle sie wieder gehen, aber ich hielt sie sanft fest. Jetzt waren wir schon mal da. »Guten Tag«, wiederholte ich, »wir suchen jemanden, einen Jäger vielleicht oder einen Förster. Ein paar Minuten von hier liegt ein Fuchs, der seine Hinterläufe nicht mehr bewegen kann. Vielleicht kann ihm jemand helfen, der Ahnung davon hat.« – »Einfach abknallen«, lallte der Mann und musterte uns von oben bis unten. Aus einer Tür rechts von uns kam eine kleine Frau gewackelt und lächelte. »Haste wieder Frauenbesuch, ja?!« – »Die sinn nich wegen mir hier, glaub ich«, murrte der Mann, seine Mundwinkel zogen sich nach unten, sein breiter Mund sah aus, als habe man ihm einen Schnipsgummi um den Kopf gespannt. »Kann ich euch helfen?«, fragte die kleine Frau freundlich und wickelte sich aus ihrer großen Schürze, während sie hinter den Tresen ging. »Vielleicht 'nen Teller Bratkartoffeln? Grad hab ich frische drin.« Vielleicht hatte Lene genickt, jedenfalls verschwand die Frau wieder hinter der Tür, aus der sie gekommen war, und wir setzten uns an einen Tisch direkt neben der Eingangstür. »Vielleicht kennt die jemanden«, flüsterte Lene mir zu und schaute an den grauen Spitzengardinen und Geranien vorbei zum Wagen. Ihre Finger tippelten auf dem Ledereinband der Speisekarte herum, die eigentlich nur eine A4-Seite in Klarsichtfolie war. »Wir finden schon jemanden«, flüsterte ich und nahm Lenes Hand in meine, natürlich war sie kalt. Mit der Speisekarte hatte sich jemand wirklich Mühe gegeben und alle Schriftarten eines Textverarbeitungsprogramms darauf ausprobiert. Dann wurden zwei Teller mit einem Berg von dunkelbraunen, dampfenden Bratkartoffeln vor uns abgestellt. Lene nahm ihr Besteck nicht einmal in die Hand, das in eine Papierserviette gewickelt in einem kleinen Brotkorb lag, und auch in ihrem Gesicht rührte sich nichts, als stünde kein Teller vor ihr, als wäre ich nicht da und die Kellnerin nicht, als säße sie gar nicht mit mir an einem Tisch. Mit zwei Fingern nahm Lene eine Kartoffelscheibe von meinem Teller, ließ sie aber sofort wieder fallen, weil sie so heiß war. Das Essen dampfte, ich schwitzte auch. »Hab ich dir eigentlich erzählt, dass ich Tim mal photographiert habe, als wir uns noch gar nicht kannten?«, fragte Lene und pustete die Bratkartoffeln an. »Nein«, sagte ich. Aber sie schien gar nicht auf eine Antwort gewartet zu haben, denn sie fuhr gleich fort: »Ich glaube, es war ein Mittwoch. Er hat auf den großen Rohren gesessen, die dort auf der Baustelle lagen. Vom Balkon aus konnte ich ihn direkt sehen. Sie verlegten die Rohre neu, rissen die ganze Straße auf, alles lag in Haufen auf dem Bürgersteig herum. Manchmal trafen sich am Abend Jugendliche dort, räumten die Bauzäune beiseite und balancierten auf den Brettern herum. Für Autos hatten sie die Straße gesperrt, Fußgänger wurden durch ein Labyrinth aus schmalen Gängen gelotst. Die Radfahrer ärgerten sich jeden Tag, weil sie absteigen mussten. Und an dem Abend hat Tim dort gesessen, ganz allein auf dem obersten schwarzen Rohr. Ich hatte mir gerade Tee gekocht und die kleine Lampe mit auf den Balkon genommen zum Lesen. Kerzen genügten da nicht. Ich aß Joghurt mit Äpfeln und leckte gerade die Schale aus, da bemerkte ich ihn. Er hatte schön ausgesehen. Ich erkannte ihn gar nicht richtig, aber fand ihn sofort schön. Seine Körperhaltung und dass er so leise gekommen war, dass ich ihn nicht gehört hatte, fast wie ein Geist. Er schien niemanden zu bemerken und wippte manchmal nur ein bisschen mit dem Kopf. In seinen Ohren Kopfhörerstöpsel, die Laterne machte so einen pathetischen Lichtschein um ihn herum. Erst las ich einfach weiter und schaute zwischendurch immer mal wieder auf. Es genügte nicht, mich aufzusetzen in meinem Liegestuhl, ich musste mich schon fast aufrecht hinstellen, um ihn wirklich sehen zu können. Damals hatte er schon diese bescheuerten Schuhe mit den Klettverschlüssen. Ich schaute dann nach jedem Absatz kurz hoch, ob er noch da war. Aber achtete darauf, dass er mich nicht sah. Irgendwie wollte ich nicht, dass er ging. Der Nachbar von gegenüber machte irgendwann den Fernseher aus, das weiß ich noch, da hörte das Flackern dann auf. Und Tim sah ein bisschen verloren aus dort unten. Nicht so, als würde er auf jemanden warten. Eher, als wüsste er nicht, wohin. Und ich stand hinter den großen Pflanzen und schaute ihn an und kam mir bescheuert vor dabei. Er zupfte an seinen Fingern und drehte sich tausendmal eine winzige Haarsträhne ein, während ich neuen Tee in die Tasse goss und die Lampe ausschaltete, damit er mich nicht sah. Ich wollte unerkannt bleiben.« Sie nahm noch ein Stück Kartoffel zwischen Daumen und Zeigefinger, hob es aber nicht zum Mund, sondern ließ es gleich wieder fallen. Dann leckte sie über den Finger und wischte ihn an der Tischdecke ab. »Wie ein Stummfilm sah das aus, nicht einmal seine Schritte konnte ich hören, als er aufstand und Muster auf die eingestaubten Rohre malte, mit der Hand in den Staub. Dann legte er sich auf den Rücken und starrte in den Himmel, und ich traute mich kaum zu atmen. Ich hätte gern gewusst, wie er heißt, oder welche Musik er da gerade hört. Und dann machte ich ein Foto von ihm. Ohne Blitz und ein bisschen verwackelt, weil ich gezittert hab, obwohl's nicht kalt war. Auf dem Bild sieht man nur schwarze Konturen und die Laterne und die Rohre. Drei Wochen später trafen wir uns dann auf der Party. Durch Zufall. Ich hab gedacht, ich seh nicht richtig. Nach drei Stunden wusste ich seinen Namen. Und nach drei Wochen kannte ich seine Platten. Von dem Foto hab ich ihm nie erzählt.«

Als ich schluckte, machte es ein Geräusch. Ich spießte eine Kartoffel auf die Gabel und steckte sie in den Mund. Kalt und glitschig rutschte sie mir über die Zunge, ein Stück Verbranntes blieb an einem Zahn hängen. »Jetzt ist es kein Geheimnis mehr«, sagte Lene leise und senkte den Blick. Mit der rechten Hand fegte sie ein paar Krümel vom Tisch, strich über ihre Beine und setzte sich dann wieder gerade hin.

Es gab in mir mehr als eine Sache, von der Friedrich keine Ahnung hatte und nie haben würde. Ich hatte dabei kein schlechtes Gewissen, nie gehabt.

Und da war es wieder, das Schweigen, kein normales Schweigen, kein Innehalten, sondern ein Verlust. Bei jedem meiner Sätze kam ich mir lächerlich und unpassend vor, die Unsouveränität und die Angst klebten mir am Körper wie der Schweiß, der auf unserer Haut einen Film hinterließ. Fuhr man darüber, blieben winzige Staubpartikel und Hautschuppen auf der Fingerkuppe kleben. Wir schwiegen und dachten vielleicht, die Welt mache es uns nach, wir schwiegen, weil wir es nicht besser wussten, während das Drumherum weiterlief, die Katze sich auf die Treppe draußen vor der Tür hockte und ihre Pfoten leckte, ein junger Mann in Gummistiefeln die Straße hinunter spazierte und dabei zwei Äpfel wie Jonglierbälle vor sich in die Luft warf.

Immer wenn die Tür der Kneipe aufging, fuhr ein kleiner Luftstoß über den Kachelboden an unseren Schienbeinen vorbei und verlor sich im Raum. Ich schob den leeren Teller fort. Im Nebenzimmer drehte jemand die Lautstärke des Fernsehers auf, und man hörte eine männliche, zitternde Stimme, die von der sexuellen Vorliebe einer Ehefrau berichtete. Und dass ihn der Hund schon störe, wenn er mit ihr im Bett zugange war. Er könne sich nicht konzentrieren, und dann hörte man eine Frau lachen, und er sagte nichts mehr. Es folgte Applaus, und Lene rückte ein Stück zu mir, die Titelmelodie plärrte zu uns herüber. Draußen hatte sich die Katze in den Schatten des Wagens gesetzt und streckte sich neben dem Vorderreifen aus. Der nächste Talkshowgast fing an, seine Geschichte zu erzählen, seine Vorliebe waren Frauen mit Zöpfen. Geflochten oder normal, viele kleine oder ein großer, kurz und lang, das mache ihn geil und sei an Erotik nicht zu übertreffen. Irgendwo wurde ein Fenster vom Wind zugeschlagen, es klirrte. »Vielleicht kommt Regen jetzt«, meinte Lene. Ich stand auf, wischte mir die schweißnassen Hände an meiner Hose ab, was Striemen auf dem Stoff hinterließ, und stellte mich neben die kleine Frau mit der Kittelschürze, sodass ich den Takt ihres Atems spüren konnte, ohne sie zu berühren. In meinem Rücken Lenes skeptischer Blick.

»Wir haben ein Problem«, begann ich und sah die Frau von der Seite an. Ihr goldener Ohrring zog ihr das Ohrläppchen ein wenig nach unten, das Loch verzog sich zu einem kleinen Streifen in dem weichen Fleisch, sie hatte die Haare hinters Ohr gestrichen, auf ihrer Oberlippe standen kleine Schweißperlen. Sie nickte kurz, und ich erzählte, was vorgefallen war. »Ich mache mal einen Anruf«, sagte sie. »Mal gucken, was sich machen lässt.« Dann drückte sie sich flink an mir vorbei und hinter den Tresen. Den Hörer hielt sie sich mit zwei Fingern ans Ohr, den Mund ließ sie offen stehen, hob aber immer mal wieder ermutigend die Augenbrauen und lächelte mir zu. Als sich plötzlich eine Hand auf meine Schulter legte, erschrak ich. Lene stand hinter mir und versuchte dann, ihre Hände in meine Hosentaschen zu quetschen. Weiter als bis zum zweiten Fingergelenk kam sie nicht, sie zog ihre Hände wieder heraus, ließ aber ihren Kopf zwischen meinen Schulterblättern liegen, schwer und unbeweglich. Mein Blick wanderte durch den Raum. Der dicke Mann war auf der Eckbank eingeschlafen und schnarchte. An der Wand direkt neben uns hing eine an den Rändern gezackte Postkarte mit dem Bild eines Bootes, das auf dem Trockenen stand. Es lag jedoch nicht in einer Werft, sondern schien für immer aus seiner Wanne gehoben worden zu sein. Holzstiegen hielten seinen Rumpf, und eine klapprige Treppe führte zu einem Eingang im Bauch des Schiffes. Lene hob den Kopf und löste die Karte vorsichtig aus dem Holzrahmen, in dessen Rand sie gesteckt worden war. »Wieso stellt man ein Boot aufs Land?«, fragte sie. Die Wirtin winkte uns zu sich. Anscheinend gab es einen Plan. »Gleich kommt Wolfgang, der fährt euch hinterher, der kennt sich aus.« Dann ging sie an uns vorbei und räumte unseren Tisch ab. Lene sah mich an, ihre Hand drückte meine so fest, dass es fast weh tat, also zog ich sie weg.

Als ich zahlen wollte, merkte ich, dass die Postkarte mit dem Boot in meiner Hosentasche steckte. So unauffällig wie möglich faltete ich sie zusammen und stopfte sie noch tiefer hinein. Der Himmel zog sich langsam zu, der Wind drückte uns warm ins Gesicht, als wir wieder vor der Gaststätte standen. Das Licht hatte sich verändert, und es war, als würde jemand in einem Topf dampfender Suppe rühren, alles vermengend, als setzte uns jemand Kopfhörer auf, spielte aber keine Musik dazu ab. Irgendwie hätte es mich beruhigt, weniger von der Ferne zu sehen, und die Wolken am Himmel waren ein Anfang, eine Beschränkung des Blickfeldes. Fast fühlte es sich an, als würde ich einschlafen, ganz langsam und Stück für Stück mit der leiser werdenden Restwelt im Hintergrund, mit einem Fuß schon im Traum, mit dem anderen noch ein paar Zentimeter in der realen Welt. Dabei schaute ich mit offenen Augen in die Äste des Baumes neben dem Haus, die hin und her wogten wie grüne Wellen in einem Meer ohne Wasser.

Vielleicht fühlte es sich für Friedrich so an, wenn er früher aufwachte als ich, wenn die Zukunft des Tages noch fernab lag. Das passierte nicht oft, aber manchmal. Wenn er schlief, lag er regungslos wie eine Puppe oder ein Stofftier. Und hätte er nicht immer wieder Geräusche gemacht im Schlaf, hätte man meinen können, er sei wie das Bett nur ein Möbelstück oder Teil der Bettwäsche, denn wenn er schlief, ging kein Leben von ihm aus, kein Gefühl, keine Nähe oder Wärme. Er rührte sich nicht mehr, sobald er im Bett lag, auch wenn draußen ein Krankenwagen mit ohrenbetäubendem Lärm vorbeifuhr und die Altbaufenster es nicht schafften, uns abzuschirmen. Die Autofahrer konnten hupen bis zur totalen Hysterie, Friedrich bemerkte es nicht. Ich konnte ihm ins Gesicht niesen im Winter, und sein Porzellangesicht blieb unbewegt. Ich konnte mit ihm reden, seine Haare zu Locken drehen, ich konnte aufstehen und ins Bad gehen, mir die Haare fönen im Flur mit offen gelassener Tür, er wachte nicht auf. An manchen Tagen hatte er die Augen schon einen Spalt weit geöffnet, sodass man meinen konnte, er sähe einen an. Aber er sah mich nie, er schlief noch. Und wenn er dann doch einmal früher aufwachte als ich, warf er sich herum, unabsichtlich, aber dennoch auf sich aufmerksam machend. Sein Körper wurde immer erst nach seinem Kopf wach, er knackte dann mit den Fingern, wackelte mit den Zehen, beugte die Knie ein wenig und streckte die Arme durch. In meinem Halbschlaf merkte ich das immer, ich fiel nicht ins Koma neben ihm, mein Schlaf war eher von der leichten Sorte, ein Wabern, das von den äußeren Einflüssen mitbestimmt wird. Es konnte vorkommen, dass Friedrich sich über mich beugte, um auf die Armbanduhr zu schauen, die auf dem Nachttisch lag, manchmal nahm er sich in der Rückwärtsbewegung noch ein Buch mit und begann zu lesen, meistens jedoch lag er einfach so herum und guckte mich an. Und auch wenn ich nicht blinzelte, um mich zu vergewissern, spürte ich seinen Blick. An Einschlafen war nicht mehr zu denken. Ich konnte nicht schlafen, wenn mich jemand dabei beobachtete. Auch nicht Friedrich. Oder eher: schon gar nicht Friedrich. Er zuppelte an der Decke und seufzte ab und an, aber er stand nicht auf. Er machte kein Frühstück. Er putzte sich nicht die Zähne. Er begann den Tag nicht allein. Er blieb einfach liegen. So lange, bis ich offiziell aufwachte, meine Augen öffnete und lauthals bemerkte, wie spät es schon sei, dass ich Hunger hätte und mein Bauch begleitend so laut knurrte, dass auch Friedrich es hören konnte. Er wartete, bis ich die Bettdecke zurückschlug, mich aufsetzte und dann aufstand. Nie wäre er vor mir in die Küche geschlichen, hätte leise Kaffee gekocht oder Brötchen geholt. Friedrich wartete, und ich ging voran. Er versuchte nicht, irgendetwas vorauszuahnen.

9

Du hast angefangen. »Kapstadt« hast du auf ein Post-It geschrieben, es war schon dunkel draußen, deine Finger rochen nach Erdnüssen. Kapstadt hast du mir dann auf die Stirn geklebt mit ein zwei Krümeln zusammen. Ich sollte nicht raten, wer ich bin, ich sollte mitkommen. »Irgendwann« hast du noch hinterher geschoben, und ich habe dich fragend angesehen, du hast die Hände an deiner Hose abgeklopft und im Schoß gefaltet, dort, wo die Schienbeine sich im Schneidersitz überkreuzen. Ich hatte keine Ahnung, was auf dem Zettel stand, und trotzdem genickt. Die Tür deines Zimmers stand offen, deine Mitbewohnerin ging durch den Flur, eine Kerze flackerte. Es gibt andere Zettel, auf denen steht »Minigolf« oder »ein Bett mit Wänden«, und irgendwann landen alle in dem Karton unter meinem Bett. Es gibt zwei Stapel. Die einen sind die Pläne, die anderen sind erledigt. Abgehakt und durchgestrichen. Erlebt, schon Erinnerung. Episoden von uns, Geschichten aus Sommer und Winter und großem Hurra, die ich heraushole und durchblättere, wenn etwas

fehlt, wenn etwas komisch ist zwischen uns und ich mich frage, was es ist, das Problem. Der Stapel mit den Plänen ist höher. Man vergleicht nicht, sagt Tonia.
Manchmal habe ich Glück, und du machst weiter. Hier und da liegt ein neuer Zettel auf dem richtigen Stapel, wenn ich eine Weile nicht nachgeschaut habe. Ich weiß nicht, wann du sie schreibst, wann dir so was einfällt. Ob du jeden Tag in der Tasche einen Post-It-Block mit dir herumträgst. Ich könnte sie lackieren und das Haus tapezieren, am liebsten würde ich sie manchmal aufessen. Ich versuche, nicht zu oft nachzusehen, um einer Enttäuschung zu entgehen. »Lene, wir haben die Zeit unseres Lebens«, sagst du, als würde ich hetzen, und klingst dabei wie ein Groschenroman. Ich frage dann zurück, wie viel die wohl wiegt, die Zeit unseres Lebens, damit ich mir vorstellen kann, wie lang das wohl ist. »Hör auf damit«, beendest du unser Kräftemessen, eigentlich jedes, und ich frage mich selbst, wie viel Zeit vergehen muss, bis ich zur Vernunft komme. Unsere Pläne sind ein Daumenkino.

Als wir mit Wolfgang im Schlepptau zurückkehrten, war kein Fuchs mehr da. Der große, breitschulterige Mann mit den breiten schwarzen Augenbrauen, dem schmalen Streifen weißer Stirn und der grünen Schirmmütze, unter der schwarze Locken hervorquollen, zeigte uns einen Vogel, als wir an der Stelle standen, wo er gelegen hatte. »Hab ich's mir doch gleich gedacht«, lachte er laut und legte seine Hände auf den dicken Bauch unter dem Flanellhemd. »Nur Stadtkinder können so 'ne Panik machen wegen 'nem Vieh.« Ich versuchte, im Staub des Weges noch ein paar Spuren auszumachen, während Lenes Augen schon wütend blitzten. Ihre Wangenknochen bewegten sich, sie versuchte gerade, sich zusammenzureißen. Als er aber weiter lachte und langsam zum Auto zurückstiefelte, holte sie ihn ein und baute sich doch vor ihm auf, breitbeinig, und dann hielt sie ihm eine Moralpredigt. Sie sprach leise, sodass ich sie nicht verstehen konnte, und machte zwischen den Sätzen kleine Pausen. Einmal drehte sich Wolfgang verunsichert zu mir um.

Er lud uns dann kleinlaut in die Gaststätte ein. Der schlafende Mann auf der Eckbank war inzwischen verschwunden, dafür saßen ein paar andere alte Männer an dem größten Tisch unter einem Holzschild, in das »Stammtisch« gebrannt worden war. Der Fernseher nebenan lief auf halber Lautstärke, schon von draußen hatten wir die Männer schwatzen und lachen gehört. Als wir durch die Tür traten, wurde es schlagartig still. In ihren dunkelgrünen Westen starrten sie uns an, und die, die mit dem Rücken zu uns saßen, drehten sich gemächlich zu uns. Am liebsten hätte ich direkt auf der Schwelle wieder kehrt gemacht, aber Lene sah entschlossen aus, machte einen Knicks und lehnte sich dann an die Bar. Ein Mann grinste, die anderen guckten nur und murmelten in sich hinein, ihre fleischigen Finger quetschten sie ineinander, wenn sie nicht gerade ein großes Bierglas darin hielten. Ich war froh, als die kleine Wirtin aus dem Hinterraum geschossen kam und uns fragte, wie es denn gewesen sei, ob er habe helfen können. Und Lene erzählte, während ich auf einem der Barhocker Platz nahm. Das Grau der Wolken vor dem Fenster hatte sich ausgedehnt, und plötzlich sehnte ich mich nach meinem Zuhause, meinem Bett. Wie gern hätte ich jetzt in der Hängematte im Garten hinter dem Haus meiner Eltern gelegen, das aufgeregte Kramen von drinnen gehört und dann von ihnen am Abendbrottisch den neuesten Tratsch aus der Siedlung erfahren. Wie gern hätte ich mir eine Scheibe Käse auf eine Scheibe Schwarzbrot gelegt, ein bisschen gesalzen und Tomate darüber geschnitten. Ich sehnte mich nach der zitterigen Hand meines Vaters, die die Teller übereinander stapelte, um sie danach abzuräumen, während meine Mutter aufgeregt in der Küche noch ein wenig Obst wusch, das sie dann in einer selbst getöpferten Schale auf den Gartentisch stellte. Statt nach Kräutern und Baumrinde roch es hier drinnen nur abgestanden und rauchig, der Dunst hing hoch oben unter den Holzbalken, und die Männer in der Ecke machten sich einen Spaß draus, sich gegenseitig ins Gesicht zu paffen. Dabei war es eine Kunst, die Miene nicht zu verziehen, nicht zu husten, sich am besten einfach gar nicht zu regen und weiterhin geradeaus zu schauen durch die anderen hindurch und an den richtigen Stellen in der kollektiven Murmelei zu lachen oder auf den Tisch zu klopfen. Da stellte Lene einen flachen Pappkarton neben mir auf dem Tresen ab. »Wir spielen jetzt«, sagte sie und während Frau Benimm, so hieß die Wirtin, Erdnüsse neben uns deponierte, packte Lene ein Spielbrett und mehrere Figuren aus. Ich bekam die Blauen, sie wollte unbedingt Rot, und dann würfelten wir um die Wette, bis es langsam dunkel wurde. Manchmal vergaßen wir, die Figuren in ihr Zuhause zu bringen, und sie liefen Runde um Runde, ohne anzukommen. Lene legte ihr Kinn auf die abgeknickte Hand über dem aufgestützten Arm, meistens sah sie nach unten. Frau Benimm stellte eine Kerze vor uns hin, und als sie danach wie nach getaner Arbeit ihre Hände auf das maserige Holz der Theke legte, sah ich zum ersten Mal ihre lackierten Nägel und die feinen Risse in der Haut. Manchmal schielte ich aus den Augenwinkeln nach einer Uhr, nur der Orientierung wegen, aber eigentlich war es egal. Frau Benimm stellte mit lautem Knall ein paar Schnapsgläser auf dem großen Tisch ab, und die Männer dankten es ihr mit lautem Gejohle. Einer legte ihr eine Hand um die Hüfte und den Ledergurt, an dem ihr großes Portemonnaie sowie Block und Stift befestigt waren. Behutsam und beinahe unbemerkt schob sie die Hand beiseite. Sie machte diesen Weg zum Stammtisch an diesem Abend noch ein paar Mal, mit leeren und vollen Gläsern. Zum Abschied, als vom Licht nur noch ein blauer Streifen am Horizont übrig geblieben war, gab ihr jeder einen Kuss auf die Wange. Lene und ich schauten ihnen von der Treppe aus nach, wie sie im Pulk die Dorfstraße entlang stapften und sich wankend nach und nach unter dem Licht der Laternen zerstreuten. Auf meinem linken Fuß saß die Katze, ihre Wärme reichte durch meinen Schuh hindurch. Ihr gleichmäßiges Atmen und Schnurren war angenehm, im Gebüsch zirpten Grillen. Lene kraulte die Katze im Nacken und warf hin und wieder ein paar Kiesel auf das ungleichmäßige Pflaster des schmalen Gehsteigs. Einmal traf sie eine Mülltonne aus Metall ein paar Meter weiter, es schepperte, die Katze schreckte auf, stolzierte davon, und Lene ließ die Hände sinken. Die Nacht lag vor uns, als habe sie nur darauf gewartet, dass wir vorbeikommen und ihr dabei zusehen, wie sie so daliegt und sich ausbreitet, in jede Ecke kriecht und die Geräusche des Tages verschluckt. »Man könnte in den Wald hineinrufen, und es käme nichts wieder raus«, sagte Lene, stand auf und ging wieder hinein. Ein paar Minuten noch blieb ich sitzen, schaute ins Dunkel auf der anderen Seite der Straße und wartete auf einen Wind, aber es kam keiner. Die Luft stand wieder still und so scheinbar auch der Rest der Welt zum ersten Mal seit langer Zeit. Selbst im Gebüsch bewegte sich nichts.

Wir folgten Frau Benimm mit dem Auto. Auf einer beigen Schwalbe fuhr sie im Lichtkegel vor uns her ins Dunkel. Das Gras am Straßenrand leuchtete immer kurz auf, grell und farblos. Das leise Knattern der Maschine, die braunen Haare, die unter dem Helm hervor flatterten, Lenes Schweigen seit einer Stunde. Eigentlich beruhigte es mich, nachts Auto zu fahren. Man konnte laut Musik hören und musste sich auf nichts außer das Fahren konzentrieren, manchmal öffnete man das Fenster, um das gleichmäßige Rauschen hineinzulassen, mehr gab es nicht. Vielleicht ein Hörspiel oder irgendeine Radiosendung, in der gelangweilte Jugendliche anrufen und versuchen, den Moderator zu verarschen, indem sie sich Geschichten ausdenken, die dieser aber schon hundertmal gehört hat. Ich mochte das warme Gefühl von Kaffee, wenn er, vor der Tankstelle aus dem Becher getrunken, irgendwann im Magen ankam und sich verteilte, langsam und behäbig. Manchmal ging ich auf einem Parkplatz ein paar Schritte an der frischen Luft, sah die Lichter in der Ferne blinken. Ich konnte mich an keinen Moment erinnern, in dem ich nachts im Auto traurig gewesen war. Doch das hier war anders, und auf schmalen Landstraßen wurde mir mulmig, wenn ich nichts sah. Es gab keinen beruhigenden Standstreifen, keine zweite Spur zum Wechseln, wenn sich jemand näherte. Ich erschrak vor den Kreuzen am Straßenrand, die unvermittelt auftauchten, und als Frau Benimm plötzlich blinkte und in einen Waldweg abbog, war ich einem Herzinfarkt nahe, krallte die Finger ins Lenkrad und versuchte, »Der Mond ist aufgegangen« in Gedanken aufzusagen.

Eine Weile ging es nur durch einen dunklen Wald, dann schaltete sich eine Laterne an, und wir hielten vor einem Haus. Man konnte den Himmel kaum von den schwarzen Bäumen unterscheiden, und direkt über uns lag wie grauer Stoff ein Fetzen Licht. Wir sahen keine Sterne. Unsere Schuhe knirschten auf den Kieseln des Weges, und ich musste an Hänsel und Gretel denken, mir lief eine Gänsehaut über den Rücken. Der Wald atmete uns an, nicht nass und warm, sondern kalt, nicht beruhigend, sondern bedrohlich. Als ginge er auch hinter den letzten, zackigen Baumspitzen noch ewig weiter, als gebe es keine Stadt und kein Dorf, sondern nur diesen endlosen Wald. Und dieses Haus war unsere Insel. Vor uns öffnete sich eine Tür, die Treppe dorthin war von großen Feldsteinen gesäumt, die im Licht der Türbeleuchtung blassgelb schimmerten. Sie lagen dort wie Tiere, wie nasse Seehunde an einem Strand, und Lene strich mit der Hand über den größten, kurz bevor uns der eigenwillige Geruch des Hauses vollkommen umschloss. Es roch nach sauren Gurken und geräuchertem Schinken, nach süßlichem Curry und den Zuckerketten, die wir uns als Kinder um die Hälse und Handgelenke hängten und deren rosagelbblauweißen Perlen wir schon nach einem Tag abgeknabbert hatten. Jedes Mal, wenn ich wieder eine Kette verputzt hatte, musste ich doppelt so lange Zähne putzen wie sonst, meine Mutter stand neben mir und schaute abwechselnd auf ihre Armbanduhr und auf mich, während mein Vater eine Wärmflasche für meinen schmerzenden Bauch füllte und noch einmal mit einem Handtuch abrieb, bevor er sie mir unter die Decke steckte. Im Flur von Frau Benimm versuchte ich auszumachen, woher die Düfte kamen, aber sie schienen ins Haus eingebaut zu sein, aus allen Ritzen und Winkeln zu kriechen. Es roch nach getrockneten Orangenscheiben und Vanillemilch, ein bisschen nach Essig und Oregano. Und dann war da noch etwas, von dem ich nicht sagen konnte, was es war, es war überall, egal, in welche Richtung man sich drehte, und mir wurde fast schwindelig davon.

An den Wänden ihrer kleinen Küche am Ende des Flures hingen Kochutensilien in kleinen Sträußen und an Holzleisten: Löffel und Kellen, Schalen und Siebe, dazwischen ein paar Netze mit Zwiebeln und Knoblauch. Und Lene und ich bekamen große Augen, ich hätte alles scannen wollen oder photographieren, um mir in Ruhe die kleinen Schätze und Sammlungen anzusehen. Ein Pfauenauge saß ganz still auf einer braun angelaufenen Banane wie auf einer Schaukel, und man wusste nicht genau, ob es noch lebte. Frau Benimm machte Tee, Lene hatte auf der hölzernen Bank in der Ecke neben dem Fenster Platz genommen und steckte mit geschlossenen Augen ihre Nase in den großen, braunen Topf aus Ton, in dem sattgrüne Kräuter vor sich hin wuchsen. Ich blieb unschlüssig stehen und verlagerte mein Gewicht von einem Bein aufs andere, jede Bewegung war anstrengend, und ich war plötzlich so müde. Hätte ich mich gesetzt, wäre ich wohl auf der Stelle mit dem Kopf auf dem Tisch eingeschlafen. Frau Benimm schmierte Butter auf große, dicke Brotscheiben und bekrümelte sie mit Schnittlauch. »Ihr könnt hier schlafen, hier ist genug Platz. Das Auto ist doch keine gute Idee«, sagte sie, während sie werkelte. Und ich fragte mich nur, wie ich jetzt etwas essen sollte, ich war allein von den Gerüchen satt geworden. Hinter zwei riesigen Holzlöffeln entdeckte ich ein Farbfoto, die Ränder waren schon ein bisschen angelaufen, lachende Kinder, beide mit blauen Mützen, die Zähne noch kleiner als der Nagel meines fünften Fingers. »Ich koche viel, wisst ihr?«, murmelte Frau Benimm, und Lene lächelte und zog fragend die Augenbrauen nach oben. »Meistens nur für mich, aber dann esse ich eben für zwei oder drei.« Sie lachte, stellte die Brote ab, steckte sich ein kleines Stück Möhre in den breiten Mund und goss uns Wein in dickwandige Gläser. Wir setzten uns auf die kleine Treppe vor dem Haus, Lene eine Stufe tiefer. Die Gläser stellte Frau Benimm neben Lene ab und ließ sich neben mir nieder, laut ausatmend. Und dann war alles still, nur Grillen zirpten, ein Vogel gurrte in der Ferne, hin und wieder raschelte es im Gebüsch vor uns. Mücken umkreisten uns in Schwärmen, ich hörte uns kauen. Ein leises Malmen, sonst nichts. Mein Telefon vibrierte in der Tasche, die hinter uns im Flur stand. Als eine Mücke auf Lenes Arm landete, hielt Lene still. Sie zuckte leicht, als der Stachel in ihre Haut drang. Dann näherte sich ihre Hand langsam der Stelle, wo die Mücke saß. Die Finger zogen das kleine Fleckchen Haut behutsam auseinander. Die Mücke saugte und saugte und zerplatzte dann ohne ein Geräusch in kleine dunkle Sprenkel auf dem Arm.

10

Unser Zimmer war unter dem Dach. Zwei kurze blaue Betten, zwei hellblaue Schränke, alles war winzig in diesem Zimmer. Wie eine Zwergenstube. Auch die Nachttischlampen waren blau, taubenblau. Es roch nach Mottenkugeln. Lene setzte sich langsam auf eines der Betten, es knarzte. Mit der Hand strich sie über die wollene Überdecke. »Hier hat lange niemand geschlafen«, sagte sie. Meine Tasche lag noch im Flur, und ich stieg im Dunkeln die steile Treppe langsam nach unten, dem schwachen Licht entgegen. Ich mochte das Gefühl, das der Teppich auf den Stufen unter meinen Strümpfen machte, es kratzte ein bisschen, als klebe man fest, aber man machte kein Geräusch, keinen Laut. Aus der Küche kam ein Flüstern, ein leises Schluchzen. Ich hielt inne, dann schulterte ich die Tasche und schlich die Treppen wieder hinauf. Lene hatte sich währenddessen ins Bett gelegt, ohne die Klamotten auszuziehen, über ihr lag nur die Wolldecke, ihre Augen waren schon geschlossen. Das Kopfkissen hielt sie im Arm. Ich wusste nicht, ob sie schon schlief, versuchte aber, kein Geräusch zu machen, kroch in Unterhose und T-Shirt unter die kalte Bettdecke. Auch bei geschlossenem Fenster hörte man das Zirpen, als säßen die Grillen auf dem Nachttisch.

In der Nacht vibrierte mein Telefon mehrmals in der Tasche. Ich wachte davon auf, ging aber nicht ran. Lene atmete ruhig, ich blieb liegen, wartete, bis es hell wurde, und versuchte auszuhalten, wie meine Hand unter meinem Kopf einschlief ohne mich. Dann musste ich doch noch einmal eingeschlafen sein, denn für eine halbe Sekunde nach dem Aufwachen dachte ich, alles sei wie immer.

Das war einer dieser Momente, in denen man sich sammeln kann, die Dinge einordnen und die Lage checken. Man fühlt die Bettdecke, die einzelnen Bestandteile des Körpers. In dieser Sekunde kann man alles sein und überall. In einem fremden Leben und einem fremden Land, in einem anderen Bett oder Zuhause. Kurz nach dem Aufwachen gibt es noch keine Verankerung, niemand hat in dieser Sekunde Erklärungen für den Lichtschein auf dem Laken, das Muster der Tapete, es ist einfach alles an seinem Platz und hat dennoch nichts mit einem selbst zu tun. Dann kommt man Schritt für Schritt zurück in sein Leben oder das, was man dafür hält, steht wieder mit beiden Beinen auf irgendeinem Boden und weiß, wer man ist und wo, wer neben einem liegt und wer nicht.

Im Zimmer war es warm und stickig. Fliegen tanzten vor dem Fenster in der Sonne, mein Nacken war aus Beton, und ich hatte das Gefühl von Kopfschmerzen wie nach zuviel Eis auf einmal. Ich hörte mich seufzen, tief ein- und ausatmen. Am liebsten hätte ich mich sofort auf ein Fahrrad gesetzt und wäre zum Bäcker gefahren. Zu der Bäckerei an der Ecke der Blauen Straße, wo jedes zweite Haus blau ist und sie da stehen wie ein riesiger Gartenzaun, erst ein helles, dann ein blaues, dann wieder ein helleres. Das war schon so, als ich noch ein Kind war. Ich wollte dorthin und mein Fahrrad in die kleine Ausfahrt neben der Eingangstür stellen, ich hatte Lust auf einen Blick in die Zeitung ohne einen Blick auf die Uhr, ich wollte ein bisschen Zeit ohne Anfang und Ende und ohne, dass mich irgendjemand bemerkte, eine Zwischenzeit, in der mir vielleicht jemand wortlos ein Getränk oder noch ein Croissant hinstellte, aber dann wieder seinen Aufgaben folgte, die ich hören konnte als Hintergrundkulisse. Das leise Klimpern von gezähltem Geld, das Kratzen des langen Schubbrettes auf dem Boden des Ofens. Und ich dachte an Friedrich und vermisste ihn plötzlich auf eine Art und Weise, wie ich ihn noch nie vermisst hatte. Ich strengte mich an, aber mir fiel sein Gesicht nicht ein, die Einzelteile schon, aber nicht das Gesicht im Ganzen, die Komposition aus den einzelnen Teilen, und mein Herz raste. Eine Selbstverständlichkeit wäre jetzt schön gewesen. Und ich hatte immer gedacht, Friedrichs Gesicht gehöre dazu. Ich wollte eine Entscheidung, bei der ich nicht mehr abwägen musste, die mein Körper für mich traf. Türen auf und zu machen, den klemmenden Schlüssel beherrschen, Licht an- und ausschalten, atmen, einkaufen, der Kassiererin ansehen, dass sie letzte Nacht auch nicht so viel geschlafen hat, die Seite drei lesen, eine SMS bekommen, irgendetwas. Aber nichts geschah. Und Lene lag nicht mehr in ihrem Bett.

Ich streckte meinen Arm aus und suchte nach meinem Telefon. Es tat weh, wo die Haut auf der Bettkante lag, aber der Arm war so schwer, und ich ließ ihn eine Weile so liegen, bis das Blut in meine Hand geflossen war, ich hätte ewig so liegen können. Den Arm wieder zu heben, kostete Überwindung, aber Friedrich ging sofort ran. Er klang verschlafen. Es war kurz nach neun.

»Hey«, sagte ich.

»Na?«, sagte er.

»Na.«

»Wo seid ihr?«

»In einem Haus in einem Wald in Mecklenburg.«

»Immer noch?«

»Ja. Immer noch.«

»Warum meldest du dich erst jetzt?«

Ich wusste keine Antwort. Ich hatte gedacht, er würde sich freuen, mich zu hören. Und gehofft, dass mit seiner Stimme auch sein Gesicht zurückkehren würde.

»Ich habe versucht, dich zu erreichen«, fuhr er fort. »Manche Leute machen sich Sorgen.«

Ich musste leise lachen.

»Du lachst?« Seine Stimme wurde lauter.

»Entschuldigung.« Ich räusperte mich und schob hinterher, dass ich nicht wusste, warum ich mich jetzt erst wieder meldete. »Es war jetzt eben der richtige Zeitpunkt.«

»Tonia, findest du das lustig?«

»Nein.«

»Scheint aber so. Es geht hier nicht um Zeitpunkte, sondern darum, dass ihr einfach abgehauen seid, ohne Bescheid zu sagen, und die halbe Stadt nicht weiß, wo ihr steckt. Was soll das denn?«

Ich schwieg und beobachtete, wie meine Zehen die Bettdecke hoben und senkten wie ein Meer.

»Woher soll ich wissen, dass es euch gut geht? In einem Haus in Mecklenburg. Macht ihr Ferien?« Seine Stimme hatte sich wieder ein bisschen beruhigt, aber so saßen seine Worte noch passgenauer, trafen genau dort, wo sie treffen sollten. Er formulierte Vorwürfe immer genau so. Dass man ihm keinen Strick draus drehen konnte. Als würde er das Wetter aus der Zeitung vorlesen. 27°, bewölkt, mit Schauern ist zu rechnen.

»Meinst du, es ist gut für Lene, wenn ihr da durch die Gegend düst? Die gehört zu ihren Eltern und jemandem, der auf sie aufpasst. Nicht irgendwo in die Pampa.«

Ich schluckte. »Es geht immer um den richtigen Zeitpunkt«, sagte ich, legte auf und schaltete das Telefon aus. Ich wusste, er hatte Recht mit seinen Zweifeln. Aber dass er zu denken schien, ich käme nicht selbst darauf, ich würde nicht auf Lene aufpassen, machte mich wütend. Für ihn waren die Dinge immer eindeutig, immer klar strukturiert, vor zurück links rechts. Das waren seine Richtungen. Oben und unten gab es noch. Das war's. Ich spürte die Federn der Matratze unter meinem Rücken, sie quietschten leise, wenn ich mich bewegte. Dann stand ich auf, setzte einen Fuß vor den anderen, langsam und unbeweglich, irgendwo blökte ein Schaf. Vom Fenster aus sah ich die Bäume und die Felder in grünen Quadraten dahinter. Ich hätte Friedrich von meiner Planlosigkeit erzählen können, von dem Gefühl dieser Blase, in der wir uns gerade bewegten, die sich mit unserem Vorankommen immer weiter ausdehnte, und von der Anstrengung, die es brauchte, um die Verbindung mit der Restwelt aufrechtzuerhalten. Er war ja nicht dabei, wie konnte er so reden? Und sollte er nicht eigentlich hier sein, anstatt hinter einem Vorhang aus Vorwürfen, den er laut auf und zu zieht, sobald man sich ihm zuwendet? Ich hielt ihn für feige und er mich genauso, da nahmen wir uns nicht viel. Aber ich wusste, dass er nicht weinend vor einer Heizung stand in einem Zwergenzimmer, er machte sicher das, was er immer tat, legte seine gewohnten Wege in der gewohnten Geschwindigkeit zurück.

Warme Luft schlug mir entgegen, als ich die Tür zum Garten öffnete. Dort stand Lene im Gras und machte seltsame Bewegungen. Mit der rechten Hand versuchte sie sich auf den Kopf zu klopfen, während die linke flach auf ihrem Bauch lag. »Ich bekomme es einfach nicht hin«, fluchte sie in meine Richtung. »Der Trick ist, dass du oben klopfst und unten reibst. Unabhängig voneinander. Es geht einfach nicht.« Ich versuchte es auch, scheiterte aber und ließ es bleiben, während Lene auf einem Bein balancierte. Auf den Treppenstufen sitzend betrachtete ich den Garten. Ein bisschen verwildert sah er aus, alles war ein bisschen zu lang und zu groß, aber dennoch gewollt, er wurde nicht vergessen, er durfte einfach, wie er wollte. Und neben der Birke, von der lange Lianen bis ins Gras hingen, stand Frau Benimm mit dem Rücken zu uns vor zwei Beeten voller Vergissmeinnicht. Wieder murmelte sie leise vor sich hin. Sie schien hier ein völlig anderer Mensch zu sein als in der Kneipe. Aber sie konnte, was Lene die ganze Zeit versuchte. In kniehohen, grünen Gummistiefeln und kurzem Rock stand sie vor den blauen Rechtecken und vollführte das Kunststück.

Ich ging nach oben, packte unsere Sachen, und eine halbe Stunde später fuhren wir ab. Beim Abschied lächelte Frau Benimm wie am Tag zuvor. Sie hatte uns Brote für die Fahrt geschmiert, die nun in einer roten und einer gelben Plastikdose auf dem Rücksitz lagen. Sie winkte und kaute frische Kräuter aus ihrer Hosentasche. Und sie hatte nicht ein einziges Mal gefragt, wieso wir eigentlich auf Reisen waren und wohin wir wollten. Als wir wieder auf der Hauptstraße waren, sagte Lene: »Das unter den Vergissmeinnicht waren Gräber«, und schnallte sich an. Sie verzog keine Miene dabei, schaute nur geradeaus auf die Straße, als wäre sie aus Wasser, als hätte sie kein Ende und keinen Horizont.

11

Ich hielt vor einem Supermarkt. Lene stieg sofort aus, während ich ein bisschen länger brauchte, um mich zu sortieren, diese Fahrerei machte mich mürbe im Kopf, meine Beine kribbelten, meine Arme auch, und als ich neben dem Auto stand, war Lene schon um die Ecke gebogen. Ich wusste, ich sollte jetzt hinterher gehen, schauen, wohin sie sich aufmachte. Aber irgendetwas hielt mich davon ab. Wieso machte sie das? Wieso verschwand sie, ohne ein Wort zu sagen? Zum Anlehnen war die Autotür zu heiß, also schloss ich ab und ging ein paar Schritte auf und ab. Lene war schwierig einzuschätzen in diesen Tagen, ich selbst war schwierig einzuschätzen in diesen Tagen, die Dinge waren so, wie sie noch nie waren. Nach ein paar Minuten hielt ich es nicht mehr aus und ging in die Richtung, in die Lene losgelaufen war. Die Straße führte durch einen kleinen Ort, völlig verlassen, auf der Straße war niemand außer mir. An einem kleinen Kreisverkehr blieb ich stehen. Schräg gegenüber war eine Gaststätte mit eisernem Schild, das im Winter vielleicht quietschte und knarzte, wenn der Wind über die Kreuzung sauste: *Zum Inselreiter*. Hinter mir eine Eisdiele, aus der leise Musik schallte. Ich balancierte auf einer Bordsteinkante und schaute auf meine Füße wie durch ein Objektiv, ich wartete auf ein Auto, das an mir vorbeiraste und einen Windhauch verursachte, vielleicht hupte, irgendwas. Mein Körper war schwer, ich hatte keine Lust auf Versteckspielchen. Vor der Gaststätte roch es nach Sellerie und Fett, die Eingangstür ging einen kleinen Spalt auf und eine Katze huschte hinaus und in ein kleines Kellerloch im Nachbarhaus. Irgendwo in der Ferne brummten Motoren. Eine schmale Straße führte vom Kreisel weg auf einen kleinen Hügel; hatte man sich die kleine Anhöhe hinaufgeschleppt, schaute man auf eine grün bewachsene Halbinsel, die von hohen, kräftigen Bäumen eingerahmt wurde. Dahinter glitzerte ein See. Und auf einem gelben Trampolin sah ich Lene sitzen, sie zwirbelte Haarspitzen zwischen den Fingern, rieb sich die Schienbeine, legte den Kopf auf den Knien ab. Ich wünschte, ich könnte einfach hingehen und fragen, wie sie heißt, und sie könnte sich ein neues Leben ausdenken. Sie nickte nur und schlug die Augen nieder, als ich mich neben sie setzte. Dicke Wolken zogen an uns vorbei, es gab keine passenden Worte, eine Fliege landete auf meinem Bein, ich hatte Lust zu baden. Und Lene holte tief Luft. »Es ist so seltsam – ich kann doch nicht plötzlich die sein, deren Freund überfahren wurde, ich bin das nicht und kann dennoch nichts daran ändern, dass mein Inneres plötzlich nicht mehr mit dem Äußeren übereinstimmt. Ich sehe ihn doch noch, ich rieche ihn noch, ich habe die Nummer in meinem Telefon, ich fühle mich, als könnte ich jeden Moment nach Hause zurückfahren und bei ihm klingeln, er würde öffnen und mich in den Arm nehmen und Kaffee kochen und ich würde ihm dann von dem Fuchs erzählen.« Lene weinte lautlos und fiel nach hinten um. Ich legte meinen Kopf neben ihren, und die Unterlage erzitterte unter dem Zittern ihres Schluchzens, das niemand hören konnte. Das ich nur spürte, weil das Tuch sich bewegte, weil sie ihre Bauchmuskeln anspannte und ihren Hals, um kein Geräusch zu machen. Sie zog die Nase hoch und sagte: »Ich kann nicht mehr in die Alpen fahren, ich kann keine Musik mehr hören, ich kann nicht einmal mehr Socken anziehen, ohne dass er irgendwie dabei ist, weil es sein könnte, dass das gar nicht meine, sondern seine Socke ist, oder ich denke daran, dass sie in seiner Wohnung lagen, dass meine Füße unter seinem Pullover steckten, dass er sie auf die Heizung gelegt hat, damit sie warm werden am Morgen oder bestimmt noch fünf davon unter seinem Bett liegen. Eigentlich müsste sich alles verändern, damit es irgendwie weitergehen kann. Die Mensa müsste schließen, sie müssten den Fernsehturm abreißen und die Modersohnbrücke. Aber es wird doch niemand den Sommer abschaffen und den Herbst und den Winter, und deswegen halte ich es nicht aus, jede Minute denke ich, ich halte das nicht aus.« Lenes Magen knurrte, ihre Bauchdecke bewegte sich schnell auf und ab. Ihr Gesicht drehte sich an meine Seite, ihre Nase berührte meinen Hals, nass und kalt. Ich sah zu, wie weiße Kondensstreifen scharf in den Himmel schnitten und sich hinten wieder auflösten.

Ich weiß nicht, wie lange wir geschlafen hatten, aber meine Stirn fühlte sich heiß an, als ich aufwachte. Langsam setzte ich mich auf, ein Stück entfernt hatte sich eine Gruppe Jugendlicher versammelt, jünger als wir, alle mit nackten Beinen, ein paar barfuß. Ihr johlendes Gelächter drang bis zu uns herüber, das Funkeln des Wassers zwischen den Baumwipfeln hatte sich nicht verändert, aber mir lief der Schweiß in Strömen, und mein Hals war trocken. Ich blickte zu Lene, sie atmete ruhig und gleichmäßig, Strähnen von

Haar lagen quer über ihrem Gesicht. Sie sah aus, als habe man sie gerade vom Grund eines Sees gezogen und in der Sonne trocknen lassen. Als ich mich bewegte, wachte Lene auf, rieb sich die Augen und schaute missmutig umher. Das Muster der Sprungfläche hatte sich in ihre Wange gedrückt in zentimetergroßen Quadraten. Mein Bein war eingeschlafen, humpelnd ging ich ein paar Schritte. Weit weg über den Bäumen türmten sich ein paar graue Wolken. Als ich mich nach Lene umschaute, federte sie auf dem Trampolin ein wenig auf und ab. Sie sah fehl am Platz aus, vielleicht war es auch nur ihr Gesicht, aber in dem Moment gab es nichts, das trauriger hätte sein können als dieses Mädchen – und manchmal musste ich mir wirklich ins Gedächtnis rufen, dass dieses traurige Mädchen Lene war und nicht irgendjemand, eine Fremde.

In einer Pension, die zur Gaststätte gehörte, mieteten wir uns ein Doppelzimmer mit Frühstück für eine Nacht. Auf den beiden Nachttischchen im Zimmer lagen Streichholzbriefchen mit einer Zeichnung der Pension vor vielen Jahren. Ich zündete ein Streichholz an und pustete es sofort wieder aus. Für einen Moment roch es nach Weihnachten. Und nach dem Schuppen meiner Großeltern hinter ihrem Haus. Diesem Holzkabuff ohne Fenster, in dem mein Großvater all seine Zwerge aufbewahrte. Die Figuren stellte er nicht raus in den Garten, da könnten sie ja geklaut werden, die Sonne könnte die Farben ausbleichen, Vögel könnten sich draufsetzen. Die Zwerge standen dicht an dicht, in Reih und Glied mit ihren roten Wangen, den schwarzgrünen Augen und den Kussmündern. Manchmal stellte ich mich am frühen Morgen zu ihnen hinein und sog den Geruch ein. Wenn ich die Tür schloss, fiel das Licht durch ein paar Spalten im Holz und warf Schatten auf die Porzellangesichter, Plastikhosen und Kunststoffrasenquadrate. Mein Großvater besaß Gärtner in allen Variationen, mit Schubkarren und Eimer, Unkraut zupfende, emsige Wichtel, die gebeugt oder mit gerader Haltung, liegend, sitzend, gehend, hockend und kletternd für immer still standen. Der eine lud Kohlköpfe, der andere Heu. Der eine trug einen Jägerhut statt roter Zipfelmütze und hob die Hand zum Gruße. Am liebsten aber mochte ich das Reh mit dem gesprenkelten Rücken. Es stand auf dem Boden direkt neben der Tür und war das erste, das man sah, wenn man die Hütte betrat. Seine Schüchternheit legte es nicht ab, egal, wie oft man es besuchte. Manchmal stellte ich einen der Zwerge hinaus, unter die Hecke oder neben die Regenrinne, aber mein Großvater bemerkte den Verlust sofort. Nicht, dass der sie am jeweiligen Standort entdeckte, nein, er sah den Fehler in der Ordnung, auch wenn ich die restlichen Figuren einfach ein Stück nachschob. Nicht viele Menschen hatten je diesen Schuppen betreten. Meine Großeltern hielten ihre kleine Armee unter Verschluss. Tanten und Onkel stritten zu Weihnachten manchmal darüber, wer sich um die Zwerge zu kümmern hatte, wenn die Alten mal nicht mehr seien. Sie sagten das im Spaß, aber ich fragte mich, was passieren würde, wenn die Zwerge einfach dort blieben, wo sie immer gewesen waren. Wie all die Jahre zuvor.

Am Nachmittag blieben wir im Zimmer, ich fand ein Dominospiel im Schrank unter dem Fernseher und ein paar Bücher über Vogelkunde und die Mecklenburger Seenplatte. Die meisten waren noch von vor der Wende, und ich fragte mich, warum ich überhaupt nach dem Erscheinungsdatum gesucht hatte. Ein Gewitter zog auf, später hörten wir Schritte vor unserer Tür, wir hielten inne und warteten, bis sie sich wieder entfernten. Dann prasselte Regen ans Fenster, Lene lag unter einer Decke vergraben im Bett, ich schaute hinaus auf die Lichtkegel der Autos, die in Halbkreisen um den Platz fuhren. Und als mir auf einmal Tränen in die Augen schossen, war Lene hinter mir und nahm mich in den Arm. Ich kam mir schlecht vor dabei. Wir gingen hinunter in das kleine Restaurant, Lene schien ein bisschen aufgedreht, irgendwie wacher, sie berührte die Wände mit ihren Fingerspitzen, blieb vor den gerahmten Kupferstichen stehen, die im Treppenhaus hingen. Von unserem Platz in der Gaststube aus konnten wir in den Hof hinter dem Haus sehen, eine Lampe über der Tür machte Licht. Ein rabenschwarzer Hund hatte den Kopf auf die Vorderpfoten gelegt, seine Augen konnte ich nicht erkennen. Der Regen hatte aufgehört, große Pfützen spiegelten den Abendhimmel, vom Dach tropfte es unablässig herab. Wir bestellten Milchreis, und als er kam, aßen wir uns Löffel für Löffel vom Rand in die Mitte des Tellers vor, Lene schluckte sofort, ich behielt die weiche, körnige Masse noch kurz im Mund. Zum Nachtisch bestellten wir Kaffee, ich hoffte, davon meine bleierne Müdigkeit loszuwerden, mittlerweile hatte sie jedes Körperteil erfasst, alles war schwer und träge. In Berlin tranken wir viel Kaffee, das gehörte irgendwie dazu, war schon automatisiert. Lene hatte sich Pappbecher im Internet bestellt, weil sie die Aufdrucke und Muster nicht mehr ertragen konnte, was sie wollte, waren Streifen. Simple, bunte Streifen. Es dauerte eine Weile, bis sie den Großhändler überredet hatte, ihr nur einen Karton und nicht gleich fünfzig zu schicken, aber als sie eines Morgens strahlend in die Uni kam, in der Hand einen warmen Kaffee, wusste ich, dass sie es geschafft hatte. An dem Morgen sah sie aus wie eine Frau aus der Werbung, glücklich mit Bommelmütze, sie hatte das bekommen, was sie wollte. »Jeder, der sich einsam fühlt, sollte sich gestreifte Becher im Internet bestellen«, sagte sie. Tim fand das nicht gut. Tim war dagegen gewesen und schenkte ihr eine winzige Thermoskanne. Und es blieb nicht bei einer. Er schenkte ihr Thermoskannen in den verschiedensten Farben, die sie dann nicht benutzte. Aber sie warf sie auch nicht weg, und wenn wir an der Ostsee zelten waren, hatte jeder morgens eine kleine Kanne mit warmem Tee. Und Lene einen Pappbecher mit Kaffee.

Als die Bedienung das kleine Kännchen und klirrende Tassen auf Untertassen vor uns abstellte, fragte ich Lene: »Wie viele Thermoskannen hast du eigentlich?« Sie schaute mich kurz mit kleinen Augen an, ihre Lippen wurden schmal. »Lass uns hochgehen«, sagte sie, stand auf und verließ den Raum. Ich ärgerte mich über mich selbst, blieb aber noch einen Moment sitzen, goss Kaffee in die kleine Tasse mit dem schmalen Henkel und schlürfte zwei, drei Schlucke. Als ich nach oben ging, klopfte ich an, bevor ich die Türklinke herunterdrückte, aber die Tür war verschlossen.

Ich klopfte erneut. Mein Herz begann zu pochen, ich wurde sofort unruhig, doch dann setzte ich mich auf die Treppenstufen. Vielleicht brauchte sie nur einen Moment, und vielleicht brauchte ich ihn auch. Ich ging zurück in die Gaststätte, setzte mich an den Tresen und trank ein Glas Rotwein. Die Hoffnung, Lene eine Stütze sein zu können, wurde zur Angst, sie in einem Fehler bestärkt zu haben, und diese Angst wuchs mit jeder Stunde, die verging. Ich fummelte mein Handy aus der Hosentasche, ging vor die Tür und wählte Friedrichs Nummer. Bevor er rangehen konnte, legte ich auf und versuchte es mit einer SMS, aber mir fielen keine 120 Zeichen ein. Kurze Zeit später hörte ich meinem Vater zu, der ruhig auf mich einredete. Tränen gab es keine mehr, aber es ging mir besser, nachdem er erzählt hatte, wer seine nächsten Patienten seien, und dass die eine Schwester sich die Haare gefärbt habe. Mein Zuhause gab es noch. Ich blickte zu unserem Fenster hoch und meinte, etwas an der Gardine unseres Zimmers zu sehen.

Als ich hinaufging, war die Tür nicht mehr verschlossen.

Die Nacht war nicht gut. Lene schlief wenig und träumte viel in den kurzen Schlafphasen. Ich hielt sie fest, manchmal rutschte sie fast vom Bett, einmal fand ich sie in der Badewanne, warm duschend, aber zitternd, das andere Mal lag sie einfach weinend neben mir. Das war das erste Mal, dass ich jemand mit geschlossenen Augen weinen sah. Ich war müde und versuchte mit aller Kraft, wach zu bleiben. Zwischendurch kam eine SMS von Friedrich, in der stand, dass ich mich melden solle. Am Morgen checkten wir um halb acht aus, das Frühstück war egal. Unten duftete es nach Rührei und warmer Milch. Lene wollte fahren und stieg ins Auto, schaffte es aber nicht weit, und so hielten wir ein paar Minuten später schon wieder direkt neben einer Kleingartenanlage. Nichts regte sich, die kleinen Parzellen lagen ohne jede Bewegung mit Blick auf den See, irgendwo machte ein Rasensprenger seine Arbeit. Auf dem Grundstück, das am steilen Hang zum Ufer lag, mähte ein älterer Mann in Unterhemd und Turnhose den Rasen und winkte uns zu. Ich winkte zurück, Lene wendete sich ab. Unter den Bäumen eines Waldstücks führte ein kleiner See direkt am Wasser entlang, dort war es kühl, ein paar Blätter schwammen auf der glatten Oberfläche. Das Gras war noch feucht von der letzten Nacht. Lene sprach mit brüchiger Stimme: »Ich hab von toten Schmetterlingen in meinem Mund geträumt. Und dass ich vergessen habe, wo ich bin. Alles tat weh, ich kaute die ganze Zeit auf den Motten herum, die noch lebten und zappelten, und ich wusste schon, dass Tim mich vergessen hat. Ich hatte mich verlaufen im Traum, alle Straßen sahen gleich aus, und ständig musste ich ausspucken, die Tiere, die Flügel und Beine. Nach einer Weile kamen sie auch aus einem Loch in meinem Hinterkopf gekrochen und ich steckte mir einen Zeigefinger hinein, um die Stelle zu verschließen, bis Tim kam. Und vor mir stand, und ich wusste, er weiß nicht, wer ich bin. Und mit der Hand am Hinterkopf habe ich versucht, ihm die Situation zu erklären, aber ich musste spucken, und er ekelte sich, und ich ekelte mich vor mir selbst. Er ist dann gegangen und hat mich nicht mehr angeschaut, er wusste anscheinend, wohin. Aber ich hatte keine Ahnung und lief halbblind hinterher, die Motten krabbelten von innen durch meine Augen, und überall hat es gejuckt, als ich aufgewacht bin. Ich musste mich dann einfach waschen.«

Von einem Baumstamm aus hielten wir die Füße in das kühle Wasser des Sees. »Entschuldige wegen gestern«, sagte ich, und Lene legte eine Hand auf mein Bein und ließ sie dort liegen, bis die Sonne die Morgenwolken weggebrannt hatte. Wir schauten hinunter auf das Bild von unseren Köpfen und den grünen Ästen darüber, ein bisschen Himmel, ein Photo von früher. Als wir zum Auto zurückkamen, sahen wir auf dem Asphalt der Straße Menschen in Ritterrüstungen gehen, mit Pferden an der Hand und Eulen auf dem Arm. Einem lag eine Axt über der Schulter, hinten von seiner Glatze baumelte ein schmaler, geflochtener Zopf. Vor der Eisdiele im Ort kaufte sich ein Schmied mit Lederschürze gerade zwei Kugeln Schokolade.

Im Auto schlief ich ein und wachte davon auf, dass Lene anhielt. Sie öffnete die Tür, beugte den Oberkörper aus dem Auto und übergab sich auf Steine, Erde und Gras. Mir blieb beinahe das Herz stehen, denn im ersten Moment sah es aus, als würde sie einfach vornüber nach draußen kippen, ohne ein Geräusch einfach umfallen. Keine Ahnung, wo wir waren, seit Tagen fuhren wir kreuz und quer durch die Gegend. Der Wald stand ruhig neben uns, kein Wind ging, während Lene sich die Seele aus dem Leib hustete und gelbe, zähe Flüssigkeit kotzte. Mit der einen Hand hielt ich ihre Stirn, mit der anderen den kleinen, aber schweren Körper, aus dem jegliche Spannung gewichen war. Ich roch, dass sie noch immer die gleichen Klamotten trug wie bei unserer Abfahrt, und sie wimmerte. Ich drängte mich am Lenkrad vorbei, stand mit einem Bein in ihrem kleinen Rinnsal und mit dem anderen noch im Wagen, ihr Gesicht an meinem Bauch, »Bleib noch, Tonia«, flüsterte sie, ihr Körper war so schwer wie drei. »Ich bin da«, sagte ich, aber ich konnte ihr nicht sagen, alles wird wieder gut, denn ich wusste es nicht.

12

Nachts rutsche ich an die Wand. Schon als Kind schlief ich kerzengerade. Die Fersen, die Waden, das Steißbein: Tapetenberührungspunkte. Zwischen die Wand und mich passt nichts. Es ist kühl so und die Wand macht einen Schatten, den man nicht sehen kann, eine Umarmung ohne Umarmung. Da kommt nichts dazwischen, und ich muss keine Angst haben vor schwarzen Löchern, einer hohen Welle, Unerwartetem, das nicht zur Einrichtung des Zimmers gehört. Jahrelang habe ich so geschlafen, ich tue es immer noch. Ich bin auf der Hut. Die Arme nach vorn ausgestreckt, damit jedes Monster daran vorbeimuss. Meine Hände als Auffanglager, die Finger in Fäusten.
Du hast keine Wand an deinem Bett, dein Bett steht im

Raum. Als ich das erste Mal darin lag, habe ich mich gefühlt wie in einer Jolle mit nur einem schmalen Rand zum Festhalten. Ich hatte die Wahl: Ich konnte mich dem Kopfende zurollen, um etwas im Rücken zu haben, aber auf zu kurzer Strecke. Kopf und Füße fielen heraus. Einen Moment lang zog ich diese Variante dennoch ernsthaft in Erwägung.

Ich möchte nicht, dass du sagst, ich stelle mich an. Ich stelle mich zwar an, aber das sollst du nicht wissen und schon gar nicht sagen. Also habe ich es auf deine Art versucht in deinem Bett ohne Wände. Wir brauchten nicht darüber zu reden, du siehst immer sehr genau hin, das erspart einiges. Ich weiß, dass du versuchst, eine Wand zu sein, wenn du dich hinter mich legst. Du bist keine Wand.

Wenn du nach einer Weile ruhig atmest und deine Arme und Beine nicht mehr zucken, drehe ich mich um und schiebe der Leere den Rücken zu, mache mich verwundbar, stelle mich. Man könnte mich schnappen, wegzerren, es wäre so einfach. Seltsam, wenn man sich nicht mehr anlehnen kann. Selbst im Schlaf macht das einen Unterschied.

Ich beobachte dich im Dunkeln und die Schatten, die die vorbeifahrenden Autos an der Zimmerdecke hinterlassen. Balken und manchmal Figuren, ich sehe dich an wie eine von ihnen, ganz lange, bis deine Konturen aus dem Schwarz wieder auftauchen, dann sehe ich dein Kinn, deinen Hals und wie er in die Schultern übergeht. Du bist eine Hochebene, du bist keine Wand.

Einmal habe ich geweint neben dir. Das passiert, wenn man eine Weile ins Schwarze starrt, wenn man versucht etwas zu

erkennen, wo es zu dunkel ist. Dann fängt es an zu brennen und tränt. Es geht schnell vorbei, es ist nichts Ernstes. Bist du etwas Ernstes? Du bist der Unterschied.
Deine Geräusche sind mir noch fremd, das Knistern der Bettdecke, wenn du dein Bein darauf legst, weil es unter der Decke zu warm ist. Dein Arm, wenn er sich Zentimeter für Zentimeter näher an die Bettkante schiebt, weil er schief liegt und abrutscht. Dein Schmatzen. Am Morgen liege ich meistens direkt am Rand deines Bettes, da passt nichts dazwischen, es gibt keinen Zentimeter Spielraum. Zwischen uns ist dann ganz viel Platz. Wie vereistes Land sehen die Linien auf dem Laken manchmal aus. Einöde bis an den Rand deines Handgelenkes, dort wird alles anders, alles ganz warm. Und morgens stehst du auf und ziehst die Laken glatt. Ich habe nicht einen Moment das Gefühl, dass du dir Mühe geben musst.

Meine Handflächen spannten, als wäre meine Haut zu klein für mein Fleisch, als das erste Schild uns auf einen Dünenübergang hinwies. Es war windig, die Bäume wogten und schmale Streifen Weiß zeichneten sich auf dem hellblauen Himmel ab wie Kratzer im Lack. Wir hatten die Fenster herunter gekurbelt und konnten es schon riechen. »Bitte halt gleich an«, sagte Lene und schnallte sich schon ab, noch bevor der Wagen zum Stehen gekommen war. Nach links und rechts schaute sie, als sie die schmale Straße überquerte. Auf der anderen Seite führte ein mit Torf bestreuter Weg zwischen entwurzelten Bäumen entlang, Schatten bizarrer Märchenfiguren. Es roch nach Ferien und Salz, ich schloss den Wagen ab, wartete, bis eine Karawane aus Wohnwagen vorüber gezogen war. Noch auf dem Torf zog ich die Schuhe aus, der erste Sand, mit allerhand Blättern und Nadeln vermischt. Die Sonne stand schräg über uns, das Rauschen brachte Erinnerungen an salzverklebte Haare, abgeschubberte Schienbeine und rote Handgelenke vom Volleyballspielen. Langsam, jeden Schritt bedächtig setzend, ging ich dem Meer entgegen, denn der schönste Moment ist immer der, wenn man die erste Linie Blau erkennt. Links und rechts weißer Sand, dunkelgrüne Dünengewächse, Strandhafer, vielleicht eine Hütte. Und dann fiel das Gehen schwerer, weil meine Füße sich tief in den Sand gruben. Das Gefühl, mit nackten Fußsohlen zum ersten Mal seit langem wieder im weichen, warmen Sand zu stehen, mit den Zehen zu wackeln, die Hüften zu beugen, kleine Muscheln zu greifen und den Sand vor und wieder zurück zu schubsen, sich hineinzuwühlen in diese unzähligen, winzigen Steine – als wir Kinder waren, markierte das den Beginn der großen Ferien, dann waren wir da und blieben auf unbestimmte Zeit. Man rechnete noch nicht, man lebte von heute auf morgen und manchmal auch auf übermorgen, höchstens.

Lene stand im Wasser, die Schuhe hatte sie angelassen, die Hosen nicht hochgekrempelt, mit dunklen Rändern an den Beinen, ihr T-Shirt flatterte im Wind. Ihr Tuch hatte sie sich im Auto wie ein Pirat um den Kopf gebunden. Sie starrte aufs Wasser, die Hände tief in den Hosentaschen. Die Wellen schwappten über ihre Füße und wieder zurück, nahmen Sand mit und ließen ihn sinken. Und ich stand zwanzig Meter hinter Lene, sie sahen aus wie ein Bild, sie und das Meer. Vielleicht waren es nur fünf Minuten, die wir so verharrten, vielleicht viel mehr. Irgendwann setzte ich mich einfach dorthin, oben auf den höchsten Punkt, wo die Drahtabsperrung für die Dünen begann und ein paar schwarze Plastikmatten auslagen. Auf denen konnte man sich die Füße abputzen nach einem Tag am Strand. Lene wankte manchmal ein wenig, wenn sie versuchte, dem Wasser und seiner Kraft standzuhalten, das ihr immer wieder den Sand unter den Sohlen wegspülte. Mit jeder Welle rutschte sie einen halben Zentimeter tiefer hinein. Ich wartete einfach und rührte mich nicht. Ich vermisste zwei Hände auf meinen Schultern, und ich bin sicher, Lene vermisste sie auch.

Ich dachte an meine Familie, an meine Eltern, die zuhause saßen und geduldig warteten, an meinen Onkel, der auf dem Geburtstag meiner Großmutter eine Rede gehalten hatte, in der es darum ging, dass man jeden Tag so leben solle, als sei es der letzte. Wie er die Stimme erhoben hatte und danach rot angelaufen und schnaufend auf seinen Stuhl zurückgefallen und den Rest des Abends nicht wieder aufgestanden war. »Tue jeden Tag etwas Besonderes«, hatte er gesagt, und Friedrich hatte genickt, und ich war ihm unter dem Tisch auf den frisch geputzten Schuh getreten. Er ließ es sich nicht anmerken und klatschte begeistert mit. »Wie?«, fragte ich ihn später. »Wie soll man denn jeden Tag über seine Grenzen gehen? Das hält man doch nicht aus. Niemand hält das aus.« Und jetzt, hier wünschte ich mir nichts sehnlicher zurück als unseren Alltag, die Langeweile, jedes Hineinleben in den Tag – alles, nur nicht dieses Gefühl der

Unwiederbringlichkeit. Tim war nicht mehr da, und Lene, mit ihrer Unbeschwertheit und ihren Schwärmereien, verschwand vor meinen Augen. Es war, als habe man mir den Menschen genommen, der diese kleine Frau am Ufer einmal gewesen war. Ich vermisste ihren Blick nach einem Streit, wenn wir wussten, dass alles wieder gut war, vollkommen und ohne Nachhall, wenn wir Tee tranken und sie am Abend einfach bei mir blieb, weil es draußen zu kalt zum Nachhausefahren war und das Kassettenregal mit den Hörspielen verlockend in der Ecke stand. Ich vermisste ihren Blick am Morgen über dem Kaffeebecher viel mehr als ihren lauten Schrei nach dem Bungeesprung. Das Vergessen beginnt genau an diesem Punkt, dachte ich, als sie sich suchend umschaute. Meine Hand winkte ihr, aber ich bemerkte sie erst wieder richtig, als sie sich neben mich setzte und zur Seite umfiel. Mit der Wange im Sand blieb sie liegen, ein paar Strähnen im Gesicht und Fäuste in der Hosentasche. »Alles okay?«, fragte ich, und sie schüttelte den Kopf, so gut es eben ging, wenn man im Sand liegt. Und dann weinte sie und drehte sich auf den Bauch, vergrub den Kopf zwischen ihren Armen. Ihre Tränen machten kleine Mulden im Sand. »Es ist noch gar nicht lange her«, flüsterte sie. Ich wusste nicht, was sie meinte, und als ich nichts sagte, schob sie hinterher: »Dass wir hier waren, Tim und ich.« Das hatte ich vergessen. Das hatte ich einfach vergessen. Ich kam mir vor wie der letzte Idiot, dass ich jetzt mit ihr hierher gefahren war. Sie waren in den Zug gestiegen und bis zur Endstation gefahren und dann hatte sie ein älteres Ehepaar mit an den Strand genommen, das hatte sie am Sonntagabend vor vier

Monaten erzählt, als sie ihre Füße auf meiner Heizung ablegte. Ihre Mobiltelefone hatten sie mit Absicht zuhause gelassen. Und nun lag sie neben mir an diesem Strand, die Sonne brannte auf ihre Waden und Kinder suchten in der Hocke den Strand nach Heiligtümern, Hühnergöttern und Bernstein ab. Eltern liefen gebückt hinterher und bekamen Panik, wenn eines der Kinder sich ins Wasser aufmachte oder einfach unter dem Absperrdraht hindurch in die Dünen schlüpfte. Zwei Motorboote lieferten sich in der Ferne ein Wettrennen, ein Jeep knatterte ohrenbetäubend laut im Schritttempo an uns vorbei und überholte eine Wandergruppe mit Sonnenhüten und Laufstöcken. Es knirschte überall und ihre Füße schleuderten uns Sand auf die Köpfe. »Ich glaube nicht, dass es irgendwann aufhört. Das mit uns war irgendwie immer«, sagte Lene und ließ Sand aus ihrer Hand zurück auf den Boden rieseln. »Ja«, erwiderte ich leise und ohne Überzeugung. Ich dachte, dass es vielleicht auch nur die Angst davor war, dass mit der Trauer auch die Liebe verschwinden würde und die gemeinsame Vergangenheit. Vielleicht vergisst man einfach so, vielleicht gehört das dazu, aber niemand kann sagen, dass das ohne Schmerz vonstatten geht, und dass Schmerz nicht etwas hinterlässt, das noch mehr weh tut, eine Leere. Eine Stimme in meinem Kopf sagte: Man kommt über alles hinweg, man gewöhnt sich. Sie hörte sich fremd an.

Als ich zum Auto zurückkehrte, um eine Flasche Wasser zu holen, sah ich, dass Vince versucht hatte, mich zu erreichen. Mein Herz klopfte plötzlich, vielleicht hatte Lene mit ihm gesprochen. Es klingelte zweimal, bevor er abhob.

»Bist du's?«

»Ich bin's«, sagte er und atmete erleichert auf. »Wo seid ihr?«

»Auf dem Darß.«

»Und wie geht es Lene?«

»Schlecht. Aber wir sind am Meer. Das ist schon mal was. Natürlich sind wir genau dorthin gefahren, wo sie mit Tim war, aber ich wusste das nicht.«

»Vielleicht wollte sie das ja so.«

»Ja, vielleicht.«

»Wann kommt ihr zurück?«

»Ich weiß es nicht. Heute nicht, glaube ich. Wie ist es denn?« Ich schwieg und vermutete, er wisse, was ich meinte. Wie es sei dort. In Berlin. Der Stadt, deren Namen wir nicht nannten.

»Ich hab mit ihrer Mutter gesprochen, sie machen sich Sorgen, aber sie drängeln nicht.«

»Ich weiß nicht, was wir hier machen. Ob das gut für sie ist. Mir fällt nichts mehr ein.« Die Worte kamen einfach so aus mir heraus, und als ich angefangen hatte, gab es kein Halten mehr. »Ich fuchtele die ganze Zeit mit den Armen in der Luft herum, aber es führt zu nichts und ich weiß nicht, wie man sich zusammenreißt. Ich werde immer kleiner irgendwie, und Lene ist schon fast nicht mehr da, sie schweigt die ganze Zeit, und wenn nicht, dann weint sie oder erzählt von früher. Und was soll ich da sagen?«

»Pass einfach auf, dass sie sich nicht ganz vergräbt.«

»Ja«, sagte ich, als hätte ich auf diesen Satz wie auf eine Anweisung gewartet. Als sei das ganz einfach.

»Bis bald, Tonia. Ich ruf wieder an.«

Bis bald. Dabei hatte die Zukunft kein Gesicht, sie bestand einfach aus Zeit, die nicht gegliedert oder verplant war, die verbracht werden musste. Am Weg zum Strand stand ein kleines, verwittertes Holzschild mit einem Sonnenschirm darauf. So eines gab es an jedem Aufgang, jedes mit einem anderen Symbol, damit Kinder, die sich verlaufen hatten, wieder zu ihren Eltern zurückfinden konnten, weil sie sich bunte Gegenstände auf Schildern leichter merken als den Knick im Ast eines Baumes, die Biegung im aufgeschütteten Torf. »Wir liegen beim lila Hund«, konnte die Mutter zu ihrem Kind sagen, das war Erklärung genug. »Und Eis gibt es beim bunt gestreiften Ball.« Als ich wieder bei ihr ankam, hatte Lene eine kleine Burg gebaut. Sie hatte den weichen, weißen Sand auseinander geschoben und die dunklere, leicht feuchte Schicht zum Vorschein gebracht. Mit ihren bloßen Händen hob sie schaufelweise Sand aus einem Loch auf einen Hügel. Hin und wieder klopfte sie ihn fest, manchmal geriet ihr eine Muschelschale unter den Fingernagel oder ein Stein lag im Weg. Die kleinen Fundstücke wurden auf einem extra Haufen gesammelt und dienten später der Verzierung. Die Burg, die Lene konstruierte, hatte keine Türmchen, es gab keine Burgmauer oder weitere Gebäude für die Ritterschaft. Der große, dunkelbraune Koloss hatte lediglich ein Loch in seinem Bauch, in das ein von ihren Handflächen platt geklopfter Weg führte. Den Balkon darüber erreichte der Schlossherr über eine Art Wendeltreppe ohne Stufen, einen sich um den Kegel schlängelnden Weg, dessen Rand mit Muscheln besetzt war. Die Spitze krönte ein Stengel Strandhafer, die Brüstung der Aussichtsplattform war mit Kieseln besetzt. Manchmal schmatzte Lene konzentriert und orderte noch weitere Bauutensilien: »Noch einen schmalen Stützstock!« – »Ein paar Muscheln!« – »Nassen Sand!« Ich reichte ihr alles, was sie brauchte und beobachtete, wie die Adern auf den Oberseiten ihrer Hände hervortraten.

Als sie fertig war, brachen wir auf, gingen den kleinen Weg zurück, schlugen aber nicht die Richtung zum Parkplatz ein, sondern folgten der Strandpromenade auf dem Deich. Ich weiß nicht, wie viele Symbole aus splitterndem Lack wir noch passierten, denn die Einfahrten zum Strand sahen wirklich alle gleich aus. Manchmal liefen wir Hand in Hand, dann wieder ein paar Meter voneinander entfernt, aber wir ließen uns Zeit und schauten uns um. Wir kamen an Rentnerpaaren vorbei, Familien auf bunten Fahrrädern überholten uns mit aufgeregtem Geklingel und allerlei Anhängern und Gepäck. Gelbe Regenmäntel flatterten auf den Gepäckträgern. Und immer wieder schleppten die Menschen etwas zum Strand, Eimer und Schirme. Einmal hievten zwei junge Männer einen Strandkorb auf einem Wägelchen mit Rollen durch den tiefen Sand. Einer zog so sehr, dass er fast in der Horizontalen schwebte, der andere versank fast bis zu den Knien im Sand, während er von hinten schob. Beide sahen uns kommen und grinsten breit, ohne zu sehen, dass der andere exakt den gleichen Gesichtsausdruck aufgesetzt hatte. Wir gingen mit gesenktem Blick vorbei, einer von beiden sagte Hallo, doch wir schauten nicht auf, sahen nicht, welcher. Lene begann irgendwann damit, die weißen Pfeiler zu zählen, die im Dunkeln aufleuchten, wenn Scheinwerferlicht auf sie fällt. Als sie bei zehn war, begann es mich zu nerven, aber ich sagte nichts. Mir fiel ein, dass sie das schon einmal gemacht hatte, als wir vor der Öresundbrücke im Stau standen damals. Es war eng und stickig gewesen, Tim und Lene hatten sich kurz zuvor um das letzte Käsebrötchen gestritten, und plötzlich hatte niemand mehr ein Wort gesagt, bis Lene mit dem Zählen anfing. Irgendwann hatte Tim seine Hand auf ihr Knie gelegt, und sie hatte aufgehört. Auf dem Rastplatz in Schweden war es wieder normal gewesen, wir hatten Zigaretten und Gummibärchen gekauft, die Cola spritzte von der Rückbank auf die Frontscheibe, und wir legten uns auf den Hügel neben dem Imbiss. »Wie viele Vögel man sieht, wenn man die Zeit dafür hat«, hatte Lene gesagt und die Augen geschlossen.

Das letzte Stück vor der Seebrücke liefen wir barfuß am Wasser entlang. Allmählich verschwanden die Leute zwischen den Bäumen auf dem Deich, nur noch vereinzelt sah man jemanden am Strand. Auf den Holzplanken der Brücke musste man aufpassen, dass man sich keinen Splitter in den nackten Fuß bohrte. Schon von Weitem fiel uns ein Mann auf, die Arme auf das Geländer gestützt stand er neben dem Fernglas, genauso unbeweglich und leicht nach links aufs Meer schauend wie das Gerät aus Metall, das seinen Dienst nur aufnahm, wenn man ein paar Münzen hineinwarf. Ein Leuchtturm schaute aus dem Wald am Ende der Halbinsel, so weit konnte man von der Spitze der Brücke aus sehen. Manchmal holte der alte Mann neben dem Fernglas ein paar

Brotkrumen aus seiner Jackentasche und warf sie den Möwen in die Luft, die im Flug stehen blieben und flügelschlagend ihren Imbiss einnahmen. Wir setzten uns auf eine Bank ein paar Meter von ihm entfernt. Als ich meinen Zeh in die Rille zwischen den Planken steckte, hatte ich kurz Angst, er könnte stecken bleiben, aber er passte genau hinein und ließ sich auch ohne Probleme wieder heraus ziehen. Darunter plätscherte und toste es in Dunkelblau und Grau. »Mit meinen Großeltern war ich hier oft«, sagte ich zu Lene, die ihre Finger um die Kante der Bank klammerte. »Manchmal haben wir Eis geholt, und wer es aushielt, erst daran zu lecken, wenn wir hier vorne waren, hatte gewonnen. Man durfte nicht kleckern dabei. Das war das Spiel.« Sie schaute mich nicht an, ihr Blick ruhte weiterhin auf dem Mann und den Vögeln. »Einmal habe ich geträumt, dass wir abwechselnd durch das Fernglas geguckt haben und die Tanker in der Ferne beobachteten. Währenddessen sank die Brücke immer tiefer, und die Plattform hing nur noch lose am Rest der Brücke, der sich mit den Wellen hin und her bewegte. Es ging nichts kaputt, und wir hielten uns an den Pfeilern fest, alles wogte so vor sich hin. Im Traum hat mich mein Großvater mit seinem Gürtel ans Geländer geschnallt, und ich sollte stillhalten und warten. Und ich weiß noch, wie schwer mir das gefallen war, also im Traum. Aber irgendwann hatten wir wieder Sand unter den Füßen, und als wir rauskamen, standen die Leute am Strand und klatschten und jubelten.« Ich musste lächeln beim Gedanken an meine Angst vor dieser Brücke, die sich nach dem Traum noch eine Weile hielt.

»Hier bewegt sich nichts«, sagte Lene tonlos mitten in meine Gedanken hinein. Ihr Blick war starr und kalt und auch die Vögel flatterten nicht mehr. Es krachte, wenn die Wellen unter uns an die Holzpfeiler schlugen. Der Mann am Fernglas zog eine Mütze aus seiner Jackentasche und setzte sie auf. Er trug braune Lederschuhe und eine Hose in derselben undefinierbaren Farbe wie seine Jacke. Ich hatte mich schon immer gefragt, was ältere Menschen dazu trieb, sich nur noch Klamotten anzuziehen, die aussahen wie grauer Nebel und Matschpfützen. Alles an ihm war faltig, die Hände und der Nacken, das verbeulte Kinn und sogar die Ohrenrundungen. Aber dann lächelte er Lene an, und ich sah, dass ihm ein Eckzahn fehlte. Lenes Kopf war fast ganz und gar zwischen ihren hochgezogenen Schultern verschwunden, sie saß auf ihren Händen, als friere sie. »Hab ich mir beim Fußball ausgeschlagen«, sagte er, als er sich schon wieder von uns abgewandt hatte. Ich wusste nicht, ob ich richtig gehört hatte, und sagte vorsichtshalber erst einmal gar nichts. »1994«, fügte er hinzu.

Ich sah Lene an, aber die zuckte nur mit den Schultern, dann fragte ich: »Wie bitte?« Er drehte sich zu uns um, zeigte mit seinem furchigen Zeigefinger auf seinen Mund und begann dann, schallend laut zu lachen. »Wir waren gerade am Gewinnen gegen Ribnitz-Dammgarten, wisst ihr? Da stolpere ich über meine eigenen Füße und beiß in den Rasen. Natürlich liegt direkt da ein Stein. Zahn raus. Aber gewonnen haben wir trotzdem.« Hastige Schritte näherten sich und Lene ließ ihre Schultern einen Zentimeter sinken. Eine Frau mit Dutt kam mit zwei Windjacken im Arm angelaufen. »Sanne, da bist du ja«, rief der Herr und breitete die Arme aus. Aber seine Angebetete schien das nicht lustig zu finden, sie reichte ihm eine der Windjacken und drehte sich dann entschuldigend zu uns um: »Verzeihen Sie. Manchmal weiß er nicht, wo er ist.« – »Kenn ich«, sagte Lene etwas lauter als beabsichtigt, jedenfalls zuckte sie bei ihren eigenen Worten zusammen. Der Mann lächelte und schaute wieder auf das Wasser. »Eine Stunde schon hab ich ihn gesucht«, sagte die Frau, ihr Gesicht entspannte sich gerade wieder. »Mittlerweile ist er so weit, dass er die kürzesten Wege vergisst und nicht mehr allein schafft. Hin vielleicht schon. Aber zurück, das ist meistens ein Problem.« Während wir gemeinsam zurück zum Strand gingen, plapperte sie aufgeregt weiter, erzählte uns, dass er seine Adresse im Portemonnaie habe, aber kaum Geld, denn damit käme er sowieso nicht mehr zurecht, das brauche er nicht. Und er lief an ihrem Arm, schwieg und schaute auf seine Fußspitzen. Die Brücke sei sein Platz, sagte sie, als wir in die kleine Straße hinter der Strandpromenade einbogen, mit dem Boot könne er ja nicht mehr raus, das sei zu gefährlich. »Wenn Hermann vergessen würde, wie das funktioniert, das wäre fatal. Da könnte ihn ja niemand finden, da draußen.« Dann standen wir vor einem kleinen Gartentor, und sie lud uns ein hereinzukommen auf einen Tee.

Noch sei es ja erst der Hippocampus, der Teil des Gehirns, der für das Kurzzeitgedächtnis verantwortlich sei, sagte sie später, als wir an dem runden Tisch auf der gekachelten Terrasse saßen – »mein Einkaufszettel quasi«, warf er plötzlich ein –, aber irgendwann, da wären dann die elementarsten

Funktionen dran. Er legte eine Hand auf ihr Knie und schaute nach unten. Wie sie ihn anlächelte, konnte er nicht sehen. Aber den Teich, den habe er schon noch zu Ende bringen wollen, das habe er ja noch vor der Diagnose angefangen, erzählte sie, nun mit festerer Stimme, während Lene mit Daumen und Zeigefinger an der gummierten Tischdecke spielte. Das Ehepaar schaute geradeaus in seinen Garten, als läge da ein ganzes Land, als könne man bis an den Horizont sehen über Felder und Wälder und kleine Ortschaften. Königin und König. Früher, da habe sie immer auf dem Festland auf ihn gewartet, sie traue dieser Brücke noch immer nicht (ich nickte), obwohl sie schon ihr ganzes Leben in diesem Ort verbracht habe. Wir saßen auf Plastikstühlen, zwei Windmühlen aus Holz drehten ihre Flügel auf dem kleinen Stück Rasen, das noch übrig geblieben war. Der Rest war ein Teich, sieben Steine lagen so im Wasser, dass man ihn ganz überqueren konnte, Porzellanfrösche saßen am Rand und quakten nicht. Regenwolken zogen am Himmel auf, es windete wie meistens hier oben, und das Wasser schwappte ungeduldig immer wieder gegen alle Ufer. »Den hab ich renoviert«, erklärte er stolz und stellte sein Bier mit einem Knall auf den Tisch. Er stand auf, stemmte die Hände in die Hüfte und schaute auf sein Werk. »Vor 25 Jahren hab ich angefangen, Mann Mann. Ich hab das Loch gebuddelt, da war die Emmi gerade ins Krankenhaus gekommen. Die wusste nich genau, wat dat war mit ihrem Bauch da, aber sie hamse da behalten«, er nickte in unsere Richtung. »Und meine Frau war ja die ganze Zeit bei ihr, aber ich, ich konnt dat nich. Da so rumsitzen und warten und sehen, wie sie leidet. Da bin ich in den Garten gegangen und hab an bessere Zeiten gedacht und dass sie sich bestimmt freut, wenn sie nach Hause kommt und wir Fische haben. Das hat mich beruhigt, das Graben. Ich hab gebuddelt und gebuddelt, jeden Abend. Ich musste sogar irgendwann eine zweite Schaufel kaufen, weil die erste dat nich mehr mitgemacht hat. Da ging es der Emmi schon wieder besser und ich dachte: jetzt erst recht.« Seine Frau rückte die Teller auf dem Tisch ein wenig herum, nicht einmal Zentimeter. Lene nahm ihre Tasse in die Hände und pustete. »Dann kamse wieder, noch ganz schwach, die konnt da noch gar nich richtig laufen wieder, aber wir hamse geholt, und wiese strahlte, als sie den Teich gesehn hat, da hab ich auch gestrahlt, wisst ihr?« Und er ging zum Rand und schaute hinein, und die Girlanden auf der Veranda, pink und gelb, wogten im Wind, und die Wimpel an der Markise flatterten. Erste Tropfen fielen auf die Tischdecke, eine aus diesem knautschigen Plastikzeug, die nicht rutscht und leicht abzuwischen ist, die man eigentlich auch den ganzen Winter auf dem Tisch liegen lassen kann, damit der Garten bewohnt aussieht. Hermann stand an seinem kleinen See, die Hände wieder in den Hüften, den Blick gesenkt, und Lene fragte: »Kommt Emmi heute auch noch?« Doch er reagierte nicht, vielleicht hatte er ihre Frage nicht gehört. Sanne flüsterte uns zu: »Die Emmi wohnt nicht mehr in Deutschland. Die wohnt mit ihrem Mann jetzt in Amerika, die weiß noch nicht, dass es dem Papa so schlecht geht, er will nicht, dass wir es ihr sagen.« – »Wenn die dat sehen könnte, die Emmi«, rief Hermann vom Rasen aus, »dass der jetzt wieder so flott is wie früher, der Teich.« Dann öffnete sich das Gartentor und ein paar Menschen erschienen, die Flaschen in den Händen trugen, einer hatte einen Blechkuchen auf dem Arm, eine Frau hielt sich eine Tüte über ihre Fönfrisur. »Wir feiern jetzt noch einmal viel. Also auch, weil der Teich fertig ist«, sagte Sanne. »Man weiß ja nicht, ob er das morgen noch weiß. Und wie lange er das so schafft. Aber für den Moment, wisst ihr. Für den Moment tut ihm das gut.« Sie stand auf, um den Besuch zu begrüßen.

»Wir machen uns dann mal auf den Weg«, sagte ich und schaute fragend zu Lene. Die nahm noch schnell einen Schluck Tee, bedankte sich, legte die Finger erneut auf das weiche Gummi der Tischdecke und drückte ein paar Dellen hinein. Hermann empfing seinen Besuch leise, aber gab jedem lange die Hand, bevor er mit hinter dem Rücken verschränkten Armen folgte, den Blick gen Boden gerichtet, aber er sah uns direkt in die Augen, als wir uns verabschiedeten. Lene machte noch Fotos vom Teich, den Fröschen, dem Schilf, den Hopssteinen und versprach, sie zu schicken. Die Adresse schrieb man uns auf eine Ansichtskarte vom Ort. Es regnete dünne Strippen, als wir langsam zum Auto zurückgingen. »Das Wasser frisst den Garten fast auf.« Ich zog mir die Kapuze tief in die Stirn. (»Und seinen Kopf auch.«) Wir waren klatschnass, als wir den Parkplatz erreichten, zogen unsere Klamotten aus, Lenes Lippen waren schon blau geworden. Die Rücksitze klappten wir um, dann wickelten wir uns in einen Schlafsack und die Wolldecke. Die Scheiben beschlugen schnell.

13

Sie atmete langsam und schwer, ihre Stirn war heiß. Die Dämmerung setzte gerade ein, als ich mich zwischen den beiden Vordersitzen hindurch wieder ans Steuer quetschte. Bevor ich den Zündschlüssel ins Schloss steckte, wartete ich noch einen Moment. Auf dem Parkplatz stand kein anderes Auto, der asphaltierte Weg hinter dem Strand jedoch war wieder bevölkert. Ein paar Jugendliche in weiten Hosen schlurften mit einer Langsamkeit durch mein Blickfeld, die mich beinahe verrückt machte. Sie setzten ihre Schritte in Zeitlupentempo, blieben im Pulk immer wieder stehen, die Mädchen fassten den Jungs an die Schultern, kniffen sie in den Bauch, und wenn sie lachten, warfen sie den Kopf zurück, dass ihre Haare herumwirbelten. Die Jungs berührten niemanden, einander nicht und auch nicht die Mädchen, sie hielten Abstand zu jedem, hatten die Schultern leicht nach vorne gezogen. Die dünnen Arme ließen darauf schließen, dass auch ihre Bäuche nicht sonderlich ausladend waren, alles schlackerte, selbst die schräg auf den Köpfen sitzenden Mützen, die nur locker auf dem Kopf und den geschorenen Haaren saßen. Sie ließen sich necken, und die Mädchen neckten. In kürzester Zeit hatte sich die mit den nackten Waden ungefähr fünf Mal einen Zopf am Hinterkopf geflochten, den Gummi wieder gelöst und war sich dann mit den Fingern durch die Haare gefahren, nur um sie dreißig Sekunden später erneut zusammenzunehmen und mit dem Flechten zu beginnen. Das war das Spiel. Eine andere mit kürzeren, blond gefärbten Haaren und einem großen Muttermal auf der nackten Wade benutzte immer wieder einen Lippenpflegestift. Mit diesem strich sie über die Unterlippe, um dann Ober- und Unterlippe aufeinander zu pressen und die weiche, sicher süßlich riechende Masse gleichmäßig über den ganzen Mund zu verteilen. Und immer, wenn sie das tat, drehte sie sich mit dem Rücken zu den anderen.

Ich fuhr los und folgte der kurvigen Straße ein paar Orte weit. »Zimmer zu vermieten«-Schilder säumten den Wegrand. Lene hatte sich ganz unter dem Schlafsack verkrochen, nur ein Büschel Haare schaute heraus. Und kurz bevor es ganz dunkel wurde, hielt ich vor einem Einfamilienhaus, in dem noch Licht brannte. Hier stand das Schild in einem ordentlich angelegten Vorgarten. Ich stieg aus, öffnete vorsichtig das quietschende Gartentor und schritt langsam auf die Haustür zu. Ich wollte gerade klingeln, als eine Laterne an der Hauswand anging und die Tür aufgerissen wurde. Im Türrahmen stand ein kleines Mädchen mit wirrem Scheitel und einem kurzen Kleidchen, mit nackten Füßen stand sie auf der Filzmatte und grinste. »Guten Abend!«, plärrte sie mir entgegen. »Was kann ich für Sie tun?« Ich schätzte sie auf ungefähr acht. Der Wind rauschte in den umliegenden Baumspitzen, ich drehte mich kurz zum Auto um, aber von Lene sah man noch nichts. »Auf dem Schild steht, hier sei ein Zimmer zu vermieten. Ist das noch frei?«, fragte ich leise. »Aber klar doch!« Ich lächelte und betrat die kleine Treppe, worauf das Mädchen sich umdrehte und in einer Tür verschwand, die vom Wohnungsflur abging. Ich wartete vor der Tür und nach kurzer Zeit erschien es mit einem Zettel in der Hand und einem Stift zwischen den Zähnen. »Vierzig pro Nacht, Doppelzimmer, Selbstverpflegung, Endreinigung inbegriffen, einverstanden?« Ich nickte und unterschrieb dann einen Vertrag auf einem A5-Papier. Eine Katze lief an mir vorbei hinaus in den Vorgarten, als das Mädchen erneut in der Wohnung verschwand. Was hätte sie getan, wenn ich nicht einverstanden gewesen wäre? Mich hinausgeworfen, mit mir verhandelt? Die Katze blieb neben dem Gartentor sitzen. Ein Schlüssel klimperte neben meinen Ohren. »Möchten Sie nun oder möchten Sie nicht?« Wir gingen zu einem Hintereingang. Das Mädchen schloss auf, dann standen wir in einem muffigen Raum, der viel größer war, als ich erwartet hatte. Zwei massive Schränke und ein Sofa am Fenster. Das Mädchen schritt den ganzen Raum einmal ab, strich mit der Hand über Schränke und Vorhänge, über die Sofalehne und klappte dann mit einer kurzen Bewegung ein Bett aus dem Schrank. In einem anderen Schrank verbarg sich eine kleine Küche mit zwei Kochplatten, ein paar Päckchen Tee, einem winzigen Kühlschrank und ein paar Schubladen. Vier Teller standen übereinander gestapelt auf der provisorischen Arbeitsplatte. Das Ensemble erinnerte mich an meine Puppenstube, fast hätte ich nach dem knackenden Lichtschalter gesucht, von dem aus ein rotes Kabel zu einer großen Batterie geführt hatte. Wenn die Batterie leer war und ausgewechselt werden musste, ging das nur, wenn man die Stube leer räumte. Ein Batteriewechsel bedeutete also auch ein neues Raumkonzept und Veränderung im Leben von Hans, Ilona und Marike. So hießen meine Puppen. Manchmal ließ ich ihr Zuhause eine Weile auf dem Kopf stehen. Dann lag das Licht auf dem Boden und der fusselige, dunkelblaue Teppich klebte beinahe unsichtbar an der Decke. Nur das Fenster war nun zu hoch für Hans, Ilona und Marike. Auf die Zehenspitzen konnten sie sich nicht stellen. Die Tür fiel ins Schloss, ich stand allein im Zimmer. Der Schlüssel lag oben auf dem vierten Teller. Ich ging hinaus in den Garten und umrundete das Haus. Am Gartentor saß Lene und kraulte die Katze. Beide schauten kurz auf, dann entwischte das Tier ins Gebüsch. Es sah mühsam aus, wie sich Lene aufrichtete. Ich holte noch unsere Sachen aus dem Wagen, und Lene schaute sich gar nicht im Zimmer um, sondern ließ sich sofort auf das Sofa am Fenster fallen. Als ich die kleine Stehlampe neben dem Sofa anknipste, schaltete Lene sie sofort wieder aus. Also machte ich Licht im Bad, der schwache Schein genügte, um die Formen im Raum zu erahnen. Lene bewegte sich nicht mehr, ein Arm lag über ihrem Gesicht, die Schuhe hatte sie noch an. Mit steifen Fingern knibbelte ich ihre Schnürsenkel auf, streifte ihr die Schuhe ab, befühlte mit einer Hand ihre heiße Stirn und zog dann den Vorhang ein wenig zur Seite, um das Fenster öffnen zu können. Doch ich fand keinen Griff. Ich betastete den gesamten Holzrahmen, es gab keine Möglichkeit, frische Luft herein zu lassen. Es blieb mir nur, die Tür zu öffnen. An den Türrahmen gelehnt, lauschte ich in die Dunkelheit, es zirpte und knarzte. Irgendwo sang ein Kind, und ich wusste nicht mehr, warum ich das seltsame Mädchen nicht nach ihren Eltern oder einem sonstigen Erwachsenen gefragt hatte. Im Zimmer vibrierte mein Handy. Wie lange ich noch in der Tür stand, bevor ich abschloss und ins Bad ging, wusste ich nicht. Ich hielt kleine Frotteehandtücher unters Wasser und wickelte sie der zitternden Lene um die Waden. Wenn sie warm wurden, wechselte ich sie aus, zwischendurch hockte ich neben dem Schlafsofa, hörte meinen Magen knurren, hielt Lenes Hand und wartete auf den Schlaf. In meinem Kopf rauschte ein Film. Ich sah Friedrich und Lene und Tim und Vince, ich sah uns im Auto nach Schweden fahren und im Park sitzen, ich sah meine Eltern und die leeren Stuhlreihen im Hörsaal der Universität. Irgendwann stand ich auf, schaute kurz auf mein Handy und fand noch eine Aspirin. Nachdem ich Lene die Tablette in den Mund gesteckt und Wasser hinterher geschüttet, nachdem sie sich verschluckt und aufgesetzt hatte und danach wieder in ihren Deckenberg zurückgesunken war, wählte ich die Nummer von Vince, ließ es einmal klingeln und legte wieder auf. *Ja, wir leben noch.*

Im Traum aber starb ich in dieser Nacht. Zehn Hände legten sich um meinen Hals mit jeweils zehn Fingern. An jedem Finger zehn Ringe, übereinander gesteckt, man konnte die Haut nur in kleinen Streifen sehen, Gliedmaßen wie Maschinen. Mit den Wimpern konnte ich sie berühren. Zwei Hände lagen über meinem Mund, und ich atmete ruhig durch die Nase. Das Silber der Ringe war kalt, meine Lippen spürten faltige Haut, Risse, Schwielen. Mit rauem Seil banden sie mich fest, die einzelnen Fasern des Seils wie die Haare auf meinem Arm. Die Knöchel an den Füßen rieben aneinander, knackten im Innern, niemand machte ein Geräusch, ich atmete ganz ruhig. Als wäre nichts geschehen. Das Weiß in ihren Augen leuchtete gegen den blauen Morgen der Stadt, der Boden knarrte nicht wie sonst. Die Hände öffneten das Fenster und fassten unter meinen Körper. Man stellte mich auf und an die Fensterbank. Zwei Hände stets geschlossen über meinem Mund, das kalte Metall kehrte zurück unter mein Kinn, ich atmete weiterhin ruhig. Das Holz unter meinen Fußsohlen, der Lastwagen der Müllabfuhr hielt vor unserem Haus, zwei Männer mit Latzhosen sprangen heraus. Eine Tür fiel ins Schloss. Mir wehte es Haare in die Stirn, vor die Augen, ich sah nach unten und bemerkte, dass die Erde fehlte in den Blumenkästen. Der Winter klebte unter den Fingernägeln, ich konnte ihn sehen, so sah er aus, weiß und eingerissen, ich atmete ruhig. Ein leichter Druck legte sich um meine Hüfte, ich ließ mich schieben. Meine Kniescheiben knallten gegen die Heizung, der Bauch drückte gegen das Fensterbrett, mein Körper beugte sich. Die Füße wurden neben die Blumenkästen gestellt, es waren wirklich meine Füße. Ich atmete ruhig, zehn Handflächen auf mir mit jeweils zehn Fingern. Meine Haut an den Schienbeinen war weiß wie der Winter, das Metall kalt unter meinen Füßen, ich hatte keinen Schnupfen. In dieser Nacht erstickte ich und fiel auf die Straße. Und die Männer in den Latzhosen taten mir leid.

Als ich aufwachte, stand mir kalter Schweiß auf der Stirn. Es war unerträglich heiß. Ich brauchte einen Moment, um wieder zu wissen, wo ich war. Meine Füße steckten noch in den Schuhen, jemand tippte mir auf die Schulter. Lene saß mit hochrotem Kopf auf ihren Waden, ihre Haare standen wild vom ganzen Kopf ab, einige Äderchen waren im Weiß ihrer Augen geplatzt. Alles tat weh, meine Schulter knackte, als ich mich aufsetzte, meine Knie fühlten sich an, als hätte ich sie eben erst angeschraubt, und in meinem Nacken zogen sich die Muskeln zäh auseinander, als ich den Kopf langsam drehte und wendete. Als ich mich aufrappelte und die Vorhänge beiseite zog, die Tür öffnete und dabei die Stehlampe umriss, blieb Lene unberührt sitzen. Sie schaute, und ich nahm ihr Gesicht in meine Hände, küsste sie auf die Stirn und die Nase und sagte: »Es wird besser werden. Ich verspreche es dir.« Im Garten zwitscherten Vögel.

Auf dem Weg ins Bad stützte ich Lene mit einem Arm, dann stellte ich sie aufrecht hin und massierte ihr den Nacken, während sie sich Gesicht und Hände wusch. Sie wartete auf dem Toilettendeckel sitzend, bis ich unsere Sachen eingesammelt und die Bettdecke zurück in den Bettkasten gestopft hatte. Danach brachte ich sie zum Auto, schnallte sie an und klingelte dann noch einmal an der Tür, hinter der mich gestern das Mädchen erwartet hatte. Es öffnete erneut, nur hatte es dieses Mal grüne Haare, grüne Farbe im Gesicht und von oben bis unten grüne Kleidung an. »Guten Morgen«, sagte ich schnell, und bevor sie losplappern konnte, fragte ich: »Können wir noch eine Nacht bleiben?« – »Aber klar doch!« quakte sie und hob ihr rechtes Bein an. »Die nächsten kommen erst übermorgen!« – »Spitze!«, sagte ich und machte auf dem Absatz kehrt. Ohne mich umzudrehen marschierte ich durch das Gartentor, setzte mich ins Auto und fuhr los. Ich musste aufpassen, keine mit aufblasbaren Badetieren und Kühlboxen bewaffneten Menschen zu überfahren. Sie liefen, ohne zu schauen, über die Straßen, kamen aus den Lücken zwischen den parkenden Autos geschossen und wackelten dann im Entengang Richtung Meer. Es dauerte nicht lang, bis wir eine Apotheke gefunden hatten. Ich orderte Taschentücher und Paracetamol, die Apothekerin, eine Frau mit Dutt, machte mich verlegen. Beinahe hatte ich das Gefühl, sie könne mir alles ansehen, jeden Moment der letzten Tage. Langsam verließ ich die Apotheke, nicht sicher, ob ich irgendetwas vergessen hatte. Vor dem Schaufenster drehte ich mich noch einmal um und bemerkte, wie die Apothekerin mir lächelnd nachsah. Und ich hob die Hand leicht zum Gruß, aber lächelte nicht zurück.

Lene schien indessen eingeschlafen zu sein, sie seufzte, als meine Autotür zuknallte, und öffnete die Augen. Schweiß stand ihr auf den Schläfen. Blind suchte ich mit den Händen unter ihrem Sitz nach einer Wasserflasche und verabreichte ihr sofort die erste Tablette. Sie verzog das Gesicht, aber schluckte alles hinunter. Ein kleines Rinnsal lief aus ihrem Mundwinkel und blieb am Kinn hängen. »Wir bleiben noch eine Nacht«, versuchte ich sie zu beruhigen, denn ihr Brustkorb hob und senkte sich viel zu schnell. »Es ist alles okay, du kannst gleich wieder ins Bett.« Erst jetzt bemerkte ich, wie warm es eigentlich war, dass die Sonne an einem Himmel ohne Wolken stand und sich auf den roten Schultern der Seebadurlauber weiße Linien abzeichneten. Als wir beim Haus ankamen, lag die Katze neben einem Rosenstrauch auf dem Rücken und genoss den Halbschatten. Die Fenster im oberen Stockwerk des Hauses waren geöffnet und Klaviermusik drang zu uns heraus. Ich konnte nicht ausmachen, ob da jemand tatsächlich Klavier spielte oder ob eine CD lief, die Melodie war leise, ein bisschen zaghaft. »Wir sind doch nicht im Film«, flüsterte Lene, als sie, eine Hand auf meiner Schulter, das Haus umrundete. Ich ließ die Eingangstür offen stehen, die Rückseite des Hauses wurde nicht mehr direkt von der Sonne angestrahlt, es war relativ kühl. Und wenn man die Augen schloss, konnte man sich einreden, man wäre woanders.

Als die Katze begann, im Garten Gespenster zu jagen, setzte ich mich auf die Stufen vor der Tür. Lene war inzwischen wieder eingeschlafen, die nassen Handtücher um ihre Waden machten einen feuchten Fleck auf dem Sofa, der mir so egal war wie die kleinen Knoten, die sich während dieser Tage in meinen Haaren gebildet hatten. Ich rief Vince an und fragte, ob er kommen könne. »Wo seid ihr?«, fragte die Stimme am anderen Ende der Leitung, es war mir fast egal, wer es war, ich hatte keine Kraft mehr. Mein Kopf blieb dort am Türrahmen gelehnt, während mein Körper den Steinweg entlang zur Straße ging und ein Schild ausfindig machte, auf dem der Name der Straße stand. Mein Mund gab die Koordinaten durch, meine Finger drückten die Taste zum Auflegen und hielten das Telefon fest, während mein Körper wieder seinen Platz an der Tür einnahm. Ich schaute der Katze dabei zu, wie sie auf ihren Hinterbeinen herumtanzte, und löschte beinahe wahllos Nummern aus meinem Telefonbuch. Auch Friedrichs Nummer. Wie aus Versehen. Der Moment, in dem die Schrift auf dem Display fragte, ob ich

Friedrich Wendelin wirklich löschen wolle, und ich bestätigte, verharrte noch einen Augenblick mit einem leichten Schmerz in meiner linken Brust. Dann schepperte es, Lene hatte die Stehlampe umgeworfen, und der Schmerz war verschwunden.

Zwischen den Kacheln drehte ich mich in Richtung Fenster, um einen Blick auf das Wetter zu werfen. Um zu wissen, was ich gleich anziehen musste, um nicht zu schwitzen oder zu frieren und in der absurden Hoffnung auf Regen. Dann sah ich die Möwe. Sie schaute mir zu, wie ich nackt im Bad stand, für ein paar Sekunden standen wir beide völlig unbewegt, wie erstarrt und schauten einander an. Dann ruckte ihr Kopf schlagartig herum. Das weiße Gefieder zitterte für einen Moment. Als ich zum Duschkopf griff, machte ich mich klein, bewegte meine Arme ganz langsam, um sie nicht zu erschrecken. Wir beobachteten einander, abwechselnd vielleicht, ich hatte das Gefühl, sie schaute aus dem Augenwinkel, konnte es aber nicht genau erkennen. Sonst duschte ich immer allein, ich schloss auch jedes Mal das Badezimmer ab und kontrollierte, ob die Tür auch wirklich nicht zu öffnen war. Hinter der Möwe war das gelbe Haus auf dem Nachbargrundstück zu sehen. Niemand schien darin zu wohnen. Es hatte keine Gardinen, keine Vorhänge oder Rollläden, keine Blumenkästen oder Fensterschmuck. In einen Fensterrahmen war Pappe geklebt, hinter einer Scheibe bewegte sich irgendwas, aber vielleicht waren es auch nur das Licht und die Hitze, ein Flimmern oder Dampfen. Das Gras im Vorgarten war lang gewachsen und suchte sich einen Weg durch die Lücken zwischen den Holzlatten des Zaunes unserer Vermieter. Dort begannen die akkuraten Linien. Nun schaute mich der Vogel wieder an, er sah mir zu, wie ich in das kleine Quadrat der Dusche stieg, wie ich langsam nass wurde und meine Augen schloss. Ich blinzelte manchmal, aber jedes Mal war die Möwe noch da. Sie saß nur dort und sah mich warten und tropfen, während das einfallende Sonnenlicht seltsam bunte Reflexe auf meiner Netzhaut hinterließ. Dann sprang sie. Von drinnen sah es so aus, als stürze sie sich hinab, die Kante hinunter in eine Leere. Ich winkte mit dem rechten großen Zeh, doch das bemerkte sie nicht mehr. Als mein Telefon im Nebenraum klingelte, landete die Möwe auf der Dachantenne des gelben Hauses. Ich konnte es nicht sofort finden, das Klingeln wurde immer lauter mit der Zeit, und ich suchte und suchte, bis ich auf der Fußmatte vor der Tür stand. Noch nackt und triefend drückte ich die grüne Taste, Lene richtete sich inzwischen auf und kratzte sich die Knie. »Tonia?« Es war Friedrich. Und ich sagte kein Wort. Aber ich lief ins Bad zurück, während er sprach. Ich streichelte Lene beruhigend über den Kopf, ich atmete leise, sodass er einmal nachfragte, ob ich am Apparat sei. Dann sprach er weiter, hier müsse ein Missverständnis vorliegen, das könne so nicht weitergehen, was das denn solle, wieso ich ihm Vorwürfe machen würde. Aus einer Seitentasche kramte ich ein neues Knäuel Socken hervor, entkrempelte sie und zog sie mir einhändig über den Fuß. Lene nieste, stand auf und zog die Vorhänge etwas beiseite, als ich mein T-Shirt überzog. Und auf die Frage, was ich gerade machen würde, antwortete ich: »Ich ziehe mich an.« Dann sagte er gar nichts mehr. Und auch das fühlte sich an wie eine Klage. Der kleine Schmerz war zu einem Druck geworden, der von der linken Brust aus langsam in die Mitte wanderte. Immer nur millimeterweise. Und später, als wir auf einer Bettdecke an die Treppenstufen gelehnt vor dem Haus saßen, versuchte ich Lene zu erklären, was das Problem sei. Ich merkte, dass ich es selbst nicht so genau wusste. »Aber es fühlt sich nicht gut an. Ich habe die ganze Zeit das Gefühl, dass er schiebt, wo er vorher nicht geschoben hat. Als wäre eine Hose aus Versehen im Trockner gelandet und nun zu klein.« – »Friedrich ist keine Hose«, sagte Lene und schaute mich eindringlich an. Die kleine Falte zwischen ihren Augenbrauen trat stärker heraus. »Ich weiß«, sagte ich und versuchte, sie mit dem Finger glatt zu streichen.

Wir gingen kurz ans Meer, dann trieben uns der frische Wind und die Menschen wieder zurück in unseren Garten hinter dem Haus. Wir legten aus den Kieseln verschiedene Muster auf den Stufen, und ich las Lene aus der Bedienungsanleitung des Autos vor, bis sie erneut in einen Dämmerzustand gefallen war. Vielleicht half es ja was. Als ich gerade beim Vergaser angekommen und Lene eingeschlafen war, bog Vince um die Ecke. Er stand da mit einem ungewohnten Bart im Gesicht, und ich konnte nicht einmal aufstehen, sondern wartete nur, bis sich zwei Arme um meinen Oberkörper legten.

Ich war nicht mehr allein, ich hatte jetzt einen Verbündeten.

Und Lene würde wieder gesund werden, dessen war ich mir plötzlich sicher. Meine Wange lag auf dem weichen Fleece des Pullovers, der ihm um die Schultern hing, er atmete gegen mein Ohr und ich selbst schien wieder verschwunden zu sein, ich rollte mich selbst vor meinen eigenen Füßen zusammen. Und auf einmal war ich mir sicher, ich wäre auseinander gefallen, wäre er eine Minute später gekommen. In Einzelteilen hätte ich herumgelegen, der Kopf wäre von der Treppe unter den Schrank gerollt, die Arme hätten neben Lenes Lager auf dem Sofa gelegen als kleine Attrappen für den Ernstfall, als Simulation. Meine Beine wären vielleicht ein bisschen im Kreis gelaufen, immer direkt an der Scheuerleiste entlang mit kleinen Bögen um die Schränke herum. Auf dem Fensterbrett sitzend hätten meine Finger diesem Treiben zugesehen oder nach draußen in Richtung der Bäume und Erdbeerpflanzen geschaut, ganz ruhig und müde. Meinen Nacken hätte Vince im Waschbecken unter einem heißen Strahl Wasser gefunden, meine Schultern ausgestreckt zwischen den Türrahmen, von einem Ende zum anderen. Mein Bauch hätte neben der Tür gesessen, wartend und knurrend wie ein Hund. Und Vince wäre um Haaresbreite zu spät gekommen, um Armeslänge vielleicht.

Mit seiner Hand auf meinem Hinterkopf schob er die Dinge wieder ein bisschen fester ineinander, die Stabilität der Gesamtkonstruktion war für ein paar Stunden gesichert. Ich hörte mich laut ausatmen und einatmen und ausatmen, als hätte ich stundenlang die Luft angehalten, ich hörte mich schluchzen, und Vince hörte ich leise murmeln, und ich hörte, wie mein Herz ganz gleichmäßig schlug. Irgendwann kam ein Rascheln aus Lenes Richtung, gefolgt von Schritten und Husten, Worte wurden gewechselt, ein kurzes Schluchzen, ein tiefes Murmeln, und danach war Stille. In dieser Nacht lagen wir zu dritt im großen Bett, und als ich aufwachte, schrie ein Uhu. Ein zwei drei vier fünf Mal. Dann fiel ich wieder in einen traumlosen Schlaf.

14

Als Vince bei den Vermietern klingelte, öffnete ihm ein groß gewachsener Mann. Wahrscheinlich würde er mir meine Erzählungen von dem kleinen seltsamen Mädchen nicht glauben, und ich wusste kurz selbst nicht genau, ob ich sie mir nicht eingebildet hatte. Die letzten Tage lagen nicht Punkt für Punkt an einem Zeitstrahl angeordnet, sie waren unterteilt in Problemeinheiten: das Zeitproblem, das Entfernungsproblem, das Essensproblem, das Krankheitsproblem, das Zielproblem, das Gesprächsproblem, das ganze Problem. Es gab nur Bilder, die ineinander übergingen. Vom Auto aus konnte ich sehen, wie Vince bezahlte. Lenes Kopf wog nicht schwer auf meinen Oberschenkeln. Ein kurzer Blick des Mannes über die Schulter von Vince in unsere Richtung. Aber Vince stellte sich davor, von einem Bein auf das andere, sodass der Mann ihn anschauen musste, ihm die Hand zum Abschied gab und die Tür von innen schloss.

»Dann fahren wir mal«, sagte Vince, als für einen kurzen Moment im Auto nicht mehr zu hören war als ein fernes Rauschen, ein leises Atmen und das Klimpern des Autoschlüssels. Es tat gut, mit der Stirn an der kühlen Scheibe zu lehnen, leichter Wind wehte mir ins Gesicht während der Fahrt. Wohin es ging, wusste ich nicht, Vince bog ein paar Mal links und rechts ab, wir fuhren zehn Minuten auf einer schmalen, asphaltierten Straße geradeaus, bis wir an einem kleinen, weißen Häuschen in einem Wald zum Stehen kamen. Vince stieg aus, und ich sah mich um. Zwischen den Wurzeln der Nadelbäume kam immer wieder weißer Ostseesand zum Vorschein, die Pinien und Lärchen wogten sanft hin und her. Ein paar Autos parkten in unserer Nähe, eine Schlange von Menschen wartete vor dem weißen Häuschen. Hin und wieder kam einer heraus, nur in Badebekleidung und mit einem Zettel in der Hand. Etwas Gepäck stand neben der Tür, ein Hund steckte seine Nase in die Regenrinne. Die Wartenden schienen relativ schnell voranzukommen, und es dauerte nicht lange, da war auch Vince in dem Haus verschwunden. Der Rest ging irgendwie automatisch, der Weg über den sandigen Waldboden, das Erstaunen, als Vince ganz selbstverständlich einen Wohnwagen ansteuerte, der zwar aussah wie alle anderen, für den er jedoch einen Schlüssel hatte. Und als ich Lene ansah, wie sie sich an die Pinie lehnte und ihre Augen unter der Kapuze hervorguckten, glaubte ich, dass sie besser aussah als noch vor ein paar Stunden. Wir standen auf unseren Füßen, machten damit

Spuren in den Sand, und vielleicht lag es auch nur daran, dass der Wind hier plötzlich ein bisschen frischer wehte, dass um uns herum wieder Menschen waren, ich konnte den Grund nicht genau ausmachen, aber ich lächelte kurz.

Im Innern des Wohnwagens schien es alles zu geben, was wir in diesem Moment brauchten, zum Leben und füreinander. Und wenn man den Kopf aus der niedrigen Tür nach draußen streckte, konnte man auf die Hügel der Dünen sehen und das Meer hören. Um uns herum hatten Familien ihre Lager aufgeschlagen, ihre Dörfer gebaut, als blieben sie Jahre und nicht nur einen Sommer. Alle hatten sich eingerichtet, die Territorien waren klar abgesteckt durch Zäune aus toten Bäumen, durch bunt gestreifte Windschutzlaken und liebevoll verzierte Sandburgen. Jeder wusste, wo er hingehörte. Und der kleine Platz im Schatten, dessen Boden vollkommen mit Nadeln und Pinienzapfen übersät war, gehörte zu uns. Schilder wiesen die Richtung zu den Kochstellen, Duschen und Klohäuschen, zum Bäcker und einem Fischrestaurant. Ich sah, wie Vince aus einer Luke im Wagen einen Campingtisch und ein paar passende Stühle hervorholte. »Können wir irgendetwas tun?«, fragte Lene, als sie aus dem Wagen kletterte. »Ich gehe mir gerade selbst auf die Nerven.« Vince nahm Lene an der Hand, zusammen gingen sie noch einmal zum Auto zurück, um unsere Taschen zu holen. Ich machte ein paar Schritte um den Wohnwagen herum, die Sonne war wieder hinter den Wolken hervorgekommen, ich dachte, dass es Friedrich hier zu laut und zu voll gewesen wäre, und zerrte mein Handy aus der Hosentasche, um ihn anzurufen. Mein Magen knurrte laut. Und als ich seinen Namen im Telefonbuch suchte, gab der Akku des Telefons den Geist auf und schaltete es ab. Vom Sand waren meine Fußsohlen ganz dunkel geworden. In meiner Brust suchte ich nach dem Schmerz, aber alles, was ich fand, war ein stiller Luftzug. Ich war beinahe erleichtert.

Schnaufend kamen sie zurück, die Taschen in den Händen und Schweißperlen auf der Stirn. Vince hatte sich die Hosen hochgekrempelt, aus den Falten rieselte weißer Sand. Es hätte eine Szene aus einer Komödie sein können, aus einem Heimatfilm, in dem die Familie nach langen Strapazen endlich an ihrem Feriendomizil angekommen war. Lene streckte die Arme zu den Seiten aus, die Henkel der Taschen noch mit den Fingern umschlossen. Sie hatte nicht genug Kraft, um die Ellbogen durchzudrücken, das Zittern der Armmuskeln schüttelte ihren ganzen Körper, aber sie hielt ein bisschen aus, zwanzig Sekunden vielleicht, mit geschlossenen Augen. Und dann lockerte sie die verkrampften Finger, die Taschen fielen in den Sand, und sie stapfte los über die Dünen in Richtung Wasser. Wieder gab es diesen fragenden Blick zwischen Vince und mir, wieder ein kurzes Zögern, bis wir fast gleichzeitig hinter ihr her gingen. Hinter den Dünen blieb sie kurz stehen, wir ebenso, als dürfte sie uns nicht bemerken. Mit der rechten Fußspitze zog sie sich den linken Schuh vom Fuß, dann mit der linken den rechten Schuh, und ging, ohne die Schuhe aufzuheben, schnurstracks geradeaus weiter. An der Wasserkante fiel sie auf die Knie und blieb im nassen Sand, zwischen schmalen Linien aus weißem Schaum, einfach sitzen. Langsam näherten Vince und ich uns von hinten und ich erwartete Tränen, aber Lene sah einfach nur hinaus auf die wogenden Wellen und scherte sich nicht darum, dass sie ihre Hose längst umspült hatten. Alles in ihrem Gesicht war glatt und hell, ich konnte mich fast in ihr spiegeln. Von beiden Seiten fassten wir sie unter den Armen, aber als wir sie hinstellen wollten, gaben ihre Beine nach. Ob sie das mit Absicht machte oder ob sie wirklich nicht mehr konnte, war nicht voneinander zu unterscheiden und auch völlig egal. Sie sollte dort nicht lange sitzen, denn sie war immer noch fiebrig. Trotzig blickte sie weiter geradeaus, als wolle sie irgendjemandem etwas beweisen, aber Vince warf sie sich über die Schulter und sie wehrte sich nicht, hob nur den Kopf, als Vince mit ihr durch den Sand zurück zum Wohnwagen stapfte, schaute aufs Meer, bis es wieder hinter den Dünen verschwunden war. Sie wurde in einen Campingstuhl gesetzt, und ich versuchte, ihr die nasse Hose vom Körper zu pulen. Es dauerte eine Weile, bis ihr das zu blöd wurde und sie endlich begann, mir dabei zu helfen. So saß sie in Unterhose und T-Shirt auf einem Campingstuhl, eine Decke über den nackten und kalten Beinen, und schaute auf ihre eigenen Finger, die nun die Quadrate des Stoffmusters nachmalten. Ich hockte neben ihr und rieb mir die Füße, irgendwann pfiff der Wasserkocher und wir tranken Tee, während eine Gruppe Jugendlicher nicht weit von uns ihre Zelte aufschlug. Als sie ankamen und laut lachten und sich gegenseitig mit Wasserflaschen bespritzten, schaute Lene zum ersten Mal wieder auf. Ich ließ sie dort sitzen und ging mit Vince zu den Kochstellen, wo wir darauf warteten, dass das Wasser Blasen schlug, damit wir die Tütensuppen darin auflösen und zum Wohnwagen zurück tragen konnten. Als wir nebeneinander standen und in den Alutopf mit dem Wasser schauten, berührten sich unsere Unterarme manchmal für ein paar Sekunden wie damals am Herd im Winter, als Lene und Vince alle Freunde zu sich in die Wohnung geladen hatten.

Die Scheibe der Herdtür bei Lene und Vince bestand aus zwei Glasarten, einmal glatt und durchsichtig und einmal milchig. Ich drückte mir an ihr die Nase platt, während sich die Ränder des Kohls braun kräuselten. Die Fetttropfen zischten an der heißen Herdwand, jemand öffnete das Fenster, aber ich spürte nichts von dem Luftzug, sondern stieß mit dem Knie gegen die Pfandflaschen. Es klirrte laut, und alle waren eine Sekunde lang still, dann wurde weiter geredet und geflüstert, laut gelacht und angestoßen, und ich hörte Vince sprechen, verstand aber nur Fetzen, denn er sprach mit vollem Mund zu allen anderen, nur nicht zu mir. Eigentlich auch zu mir, denn ich war eine von allen anderen. Vince war gut darin, zu demonstrieren, dass wir nur Brückenfreunde waren. Dass wir uns über Lene kannten, aber nicht direkt. Er war gut darin, mich vor allen Leuten beiläufig Dinge zu fragen, die er längst wusste, damit niemand auf falsche Gedanken kommen konnte. Und wenn ich mal aufs Klo musste, blieb ich ein bisschen länger als nötig im Bad, weil die Stimmen dort nur noch dumpf ankamen und die Fliesen eine angenehme Kühle abstrahlten.

Friedrich war nicht mitgekommen zu der Party. Seine Ausrede war nicht einmal eine wirkliche Ausrede gewesen, ich wusste, dass es ihm nicht behagte, mit vielen Menschen in einem Raum zu sein, die er nicht kannte oder nur flüchtig. Ich hätte sagen können, dass ich es schön fände, wenn er mitkäme, aber ich sagte es nicht, denn er hätte nur in der Ecke gesessen und ich hätte mich schlecht gefühlt, wenn ich mich mit jemand anderem unterhielt. Und nun fühlte ich mich ohne ihn schlecht, denn ich konnte nicht einfach zwischendurch zu Vince gehen und ihm kurz durch die Haare streichen. Ich fühlte mich schlecht, weil ich wusste, dass ich nur gewollt hatte, dass er mitkommt, um nicht alleine zu sein. Und um danach fragen zu können, warum er die ganze Zeit nur herumgesessen und nichts gesagt habe und wieder einen Grund zu finden, zuhause zu schlafen. Friedrich wusste das, also vermied er die Situation und blieb daheim.

Das kalte Wasser aus dem Hahn lief über meine Handgelenke und ich betrachtete meine roten Wangen im Spiegel über dem Waschbecken. Es klingelte, jemand öffnete, noch mehr Stimmen füllten den Raum, und ich wünschte mir, ich könnte immer im Bad bleiben, ein paar Sätze verstehen, wenn ich mich konzentrierte, aber ohne teilnehmen zu müssen. Aber ich ging zurück, lehnte mich mit dem Rücken an die Raufasertapete, spürte die Scheuerleiste in meinem Rücken, meine Socken hatten Soßenflecke. Manche Gäste trugen ihre Schuhe den ganzen Abend lang, man bekäme ja so schnell kalte Füße. Aus den Boxen der Stereoanlage tönten Trompeten, und als ich das bemerkte, schüttelte ich den Kopf. Ich hatte gedacht, so würden wir nie werden. Die Wohnung sei ja auch so schön groß, aber morgen müsse man früh raus, im neuen Jahr die Pläne, ach. Lene hing eine Haarsträhne in den Wimpern, die sie sich nicht aus dem Gesicht strich und die bei jedem Zwinkern mitzuckte. Man redete über die Vergangenheit und die Zukunft, niemand konnte damals voraussehen, was in diesem Sommer passieren würde, man sprach von Studienabschlüssen und Urlaubszielen, rekapitulierte die vergangenen Monate, wünschte sich mehr Optimismus und Realismus und mehr Engagement, und alle wollten bessere Menschen werden. Übermorgen dann. Zum Rauchen gingen sie auf den Balkon in den Innenhof, die Löffel, die sie nicht mehr brauchten, warfen sie in die leeren Töpfe. Und Lene rückte sich ihren Ausschnitt zurecht, stellte sich dann neben Tim und legte ihren Kopf auf seiner Schulter ab. Die Augen aller wurden mit den Stunden immer kleiner, man redete über Geld, und wenn man mutig war, schaute man sich dabei direkt an oder auf die Nasenwurzel oder die getuschten Wimpern. Von jedem der Gäste kannte ich den Namen, von den meisten hatte ich die Telefonnummer, auch wenn ich nie anrief. Von manchen kannte ich sogar die Eltern. Ich wusste von ihren Bettgeschichten. Ich wusste die meisten Geburtsdaten, und der Rest stand im Kalender, ich wusste, in welchen Farben sie sich gut fanden, was sie studierten und mit welchem Club man niemandem kommen musste, wenn es um die Abendgestaltung ging. Ich kannte viele Fehltritte, Wünsche und vage Pläne. Und wie manche von ihnen aussahen, wenn sie weinten. Von allen kannte ich das Lachen und wie sie aussahen, wenn sie betrunken waren. Als ich die Auflaufform aus dem Ofen holte, legte sich Dampf auf die Mitte meiner Oberlippe. Der Rand der Form war schwarz angelaufen, die Rouladen glitzerten goldbraun, die Soße blubberte. Lene schob ein Blech unter meinen Armen hindurch in den Ofen, die Hitze kam schon durch die Handschuhe. Arme mit leeren Tellern streckten sich mir entgegen und ich tat jedem auf. »Mein Kopf wiegt fünf Kilo«, sagte ich leise, als Vince mir seinen Teller über den Tisch schob. Er fragte nicht nach, wahrscheinlich hatte er mich nicht gehört. Auf dem Fensterbrett saß Lene und leckte Puddingreste aus einer kleinen Schale. Tim saß auf dem Boden, hatte den Kopf an die Wand gelehnt und die Augen geschlossen. Und Vince und ich räumten das Geschirr zusammen, leerten Weinreste aus den Gläsern in die Spüle, wischten Flecke vom Boden, kippten Essensreste in den Müll. Manchmal berührten sich unsere Arme zufällig, nur einmal schaute er dabei auf, danach kam es nicht mehr vor. Nicht einmal Lene wusste von unseren Nachmittagen vor der Markise, nicht einmal Lene durfte etwas sehen. Und nun standen wir hier auf einem Campingplatz, ein halbes Jahr später und ohne Winter und Lene, denn die saß auf einem Campingstuhl und beobachtete eine Horde pubertierender Teenager. Wir kochten Suppe, starrten auf das kochende Wasser, rührten um und sagten fast kein Wort, aber manchmal sahen wir uns an, und ich weiß nicht, ob aus Versehen oder absichtlich, aber es war okay und niemand schaute zu früh weg und keiner von uns beiden zu spät. Vorsichtig trug Vince die heiße Suppe zurück zum Wagen, ich holte Schüsseln aus einem schmalen Einbauschrank, und Lene blieb weiterhin einfach sitzen. Wir tunkten Knäckebrot in die Brühe, und Vince erzählte, wie er damals in den Sommern bei seiner Tante, der dieser Wohnwagen gehörte, Freundschaften geschlossen hatte mit den anderen Kindern, die ebenfalls sechs Wochen lang jeden Morgen um acht das Campingplatzlied aus den Lautsprechern am Wegrand anhören mussten.

Ich schlürfte gerade meinen letzten Rest Suppe, als Lene ihren ersten Schluck trank. Mir lief die heiße Flüssigkeit langsam durch den Hals in den Bauch, ich spürte jeden Zentimeter, den sie zurücklegte. An meinem Bauchboden machte die Flüssigkeit einen See, der viel zu wiegen schien. Er drückte mich in den Stuhl, als hätte ich einen Anschnallgurt um den Bauch. Als säße ich in einem Flieger und wüsste nicht, was oder wer mich draußen erwartet, ob da jemand steht mit einem Schild, der mich abholt, oder ob sich dieser jemand verspätet oder eventuell auch gar nicht kommt. Von weiter weg hörte ich die Stimmen von Lene und Vince, mein Blick klebte auf dem Stamm einer Pinie, aber eigentlich sah ich aus einem Fenster in ein fernes, großes Blau, auf eine Stadt, deren Häuser und Wäscheleinen auf den Dächern schon zu erkennen waren. Gerade sagte der Kapitän, dass wir nun gleich landen würden, ein paar Passagiere warfen noch ihre Plastikbecher in die dafür vorgesehenen Mülltüten in den Händen der Stewardess. Das Zählgerät, das sie mit sich herum trug, klickte viermal bei jeder Sitzreihe, ihr strenger Zopf schlug bei jeder Wende des Kopfes lautlos gegen ihre Ohren. Und als ich vor dem Aufsetzen die Augen schloss, fragte plötzlich eine männliche Stimme: »Habt ihr mal Feuer?«

Ich öffnete die Augen, meine Hände hatten sich um die Armlehnen des Campingstuhls gekrallt, Lene und Vince schauten von ihren Schalen auf und sahen ebenfalls diesen grinsenden, langhaarigen, von oben bis unten pudelnassen Typen vor uns stehen, der eine Zigarette in der Hand hielt. »Feuer?«, fragte er erneut, als niemand von uns reagierte. Rinnsale tropften von seiner Hose in den Sand, dann sprang Vince auf, verschwand im Wohnwagen und kam mit einer Packung Streichhölzer wieder zurück. Ich schloss wieder die Augen, denn jetzt müsste es Zeit sein, um das Flughafengebäude näher kommen zu sehen, vielleicht eine andere Landung oder einen Start zu beobachten und zu versuchen, eine Logik in den Fahrlinien der kleinen matchboxähnlichen Autos zu erkennen, die über das Rollfeld huschten. »Dankeschön!«, sagte die männliche Stimme erneut und atmete hörbar tief aus. Er stand also immer noch da, was wollte er denn noch? Ich versuchte, ihn zu ignorieren, aber ich hörte seine Füße im Sand scharren, und dann fragte Lene, ob er zu der Gruppe dort drüben gehöre, die am Nachmittag angekommen sei. Wieso musste sie jetzt ein Gespräch beginnen, wieso konnten wir hier nicht einfach in Ruhe sitzen? Was folgte, war eine genaue Erklärung des Reisewegs von Rostock hier her, war eine Aufzählung von Namen und Abschlussnoten, war eine pathetische Ansprache, die sich um Abschied drehte und darum, dass sie sich danach wahrscheinlich alle nie wieder sehen würden, dass man jetzt noch mal einen draufmachen wolle, ein bisschen Fun haben und so. Ich hörte Lene leise lachen. »Yo, dann danke noch mal. Man sieht sich«, sagte die Stimme des Jungen und ich blinzelte kurz, um zu sehen, ob er sich nun von dannen machte. »Yo. Man sieht sich«, sagte Vince und grinste. Lene hob die Hand zu einem kurzen Winken, und dann war er wieder verschwunden. Das Flughafengebäude war im Nebel untergetaucht, also gab ich auf und sah Vince dabei zu, wie er Spielkarten auf dem Tisch verteilte. Drei Häufchen machte er und deutete uns mit dem Kopf an, sie in die Hand zu nehmen. Als der Himmel dunkelrosa wurde, hatte Lene sieben Spiele gewonnen, Vince fünf und ich vier. Abwechselnd rieben wir uns die Augen, gähnten, aßen Erdnüsse aus einer Packung, deren Design einen Hinweis darauf gab, dass die Nüsse ihr Verfallsdatum eventuell schon überschritten hatten, und zerklatschten Mücken auf unseren Waden. Es wurde nicht viel geredet, manchmal kommentierten wir die Bademode eines vorbeilaufenden Campers, regten uns auf über brüllende Kinder und brüllende Eltern, über zu dicke und zu dünne Bäuche, wir schauten andere Menschen an und waren froh, dass es andere Menschen gab, über die wir reden konnten, die so ein Tamtam um uns herum veranstalteten, dass es einfach war, sich darauf zu konzentrieren und zwischendurch eine passende Karte auf den Stapel in der Mitte zu legen.

Der Sand unter meinen Füßen wurde kalt. Ich saß noch immer in meinem Stuhl, in meinem Kopf sah es aus wie früher in meinem Kinderzimmer, es gab nur ein paar frei geräumte

Wege von der Tür zum Fenster, zum Bett, zum Kleiderschrank und zum Schreibtisch. Der Rest war unbegehbares Territorium, Geröllandschaft, heilloses Durcheinander, in dem Müll und Brauchbares, Dreckiges und Sauberes auf den ersten Blick nicht voneinander zu unterscheiden waren. Ich war froh über die Wege und kümmerte mich nicht viel um den Rest, ich blieb sitzen und aß eine Nuss und hielt mein schweigendes Telefon in den Händen, als ob der Akku plötzlich wieder zum Leben erwachen könnte. Es wehte kaum noch ein Wind, eine kratzende Wolldecke schützte mich halbwegs vor den Angriffen der Mücken, ich versuchte mich im Bau eines Kartenhauses und zerstörte die Arbeit einer Viertelstunde mit einer falschen Fußbewegung unter dem Tisch. Da hörte ich Lene lachen. Sie saß drüben bei den Jugendlichen, seit einer Weile schon, sie nahm immer mal wieder große Schlucke aus der Flasche, die herumging, sie schaute in das orangefarbene Licht der Fackeln, die in der Mitte des Kreises aus Menschen aufgestellt worden waren, und sie schüttelte sich, nachdem sie den Schnaps heruntergeschluckt hatte. Die Mädchen saßen zusammengekauert auf der einen Seite, eines hatte sich auf den Schoß eines Jungen gesetzt, der eine Hand unter ihre kurze Jacke geschoben hatte, zwischen Hosenbund und Jackenrand war genau eine Handbreit nackte, weiße Haut zu sehen. Wenn Lene nicht gerade trank, sondern ihren Kopf auf ihren Knien ablegte, sah sie jünger aus, erinnerte sie mich an früher, gerade zwischen all den Jugendlichen. Wahrscheinlich hätte niemand bemerkt, dass sie eigentlich älter war, wenn er zufällig vorbeilief und einen kurzen Blick auf die Gruppe warf, wahrscheinlich wäre sie ihm gar nicht aufgefallen. Und wahrscheinlich war es genau das, was sie sich gerade wünschte.

Dennoch: Es war ein seltsames Gefühl, dass sie das mit uns nicht konnte. Vince saß hinter ihr auf der Decke und sagte nichts und starrte auf die Schatten im Sand, und manchmal, wenn sie besonders schrill und laut lachte, legte er ihr eine Hand auf den Rücken, und wenn sie ihn verwundert ansah, lächelte er, nur ein bisschen, aber so, dass sie ein wenig leiser wurde.

Ich holte meine Jacke aus dem Wohnwagen und ging noch einmal ans Meer, meine Füße versanken im kühlen Dünensand, dessen obere, dunklere Schicht hart war, wie eine Kruste, durch die man brechen musste, um im weißen Zuckersand zu landen. Manche Zelte leuchteten von innen, Schattengestalten zogen die Reißverschlüsse ihrer Schlafsäcke zu, es war dunkel geworden. Manchmal blitzte irgendwo eine Taschenlampe auf. Vom Meer sah man kaum etwas, das Rauschen schien jedoch lauter als am Tage, die Schaumkronen sah man vereinzelt. Ich ließ mich nach hinten in den Sand fallen und sah statt Wolken nur Sterne. Die Luft war so feucht, dass ich für einen Moment glaubte, es würde regnen.

Wenn es in der Stadt von den Dächern tropfte, wusste ich, dass Friedrich keine fünf Minuten entfernt war. Wir hatten uns gerade kennen gelernt, die erste Euphorie war längst nicht vorüber, aber dieses Ritual behielten wir auch später bei. Die zarten Tassen hatte er von seiner Großmutter geerbt. Eine schmale Linie aus einem roten und einem goldenen Streifen zog sich über die Ränder, und nie passte das Rot zur Farbe meiner Nägel, zu meinem Kleid oder meinen Schuhen oder meinem Lidschatten oder meinem Lippenstift. Es war ein Rot, das mir nirgendwo anders begegnete als auf diesen Tassen. Und die Tassen schienen immer zu klein und zu zerbrechlich zu sein für unsere Hände, selbst für meine. In der Erinnerung schien es wirklich immer zu regnen, wenn wir Tee tranken. Ob wir den Tee nach dem Wetterbericht ausrichteten oder ob der Regen irgendwelche Hormone in uns freisetzte, die uns Lust auf warme Tassen in den Händen machten, wusste ich nicht mehr auseinander zu halten. Manchmal legte er sogar das Tischtuch auf, das er von seiner Großtante geschenkt bekommen hatte, zusammen mit einem Porzellanelefanten, zwei Teekannen und einen Umschlag mit Geld und Briefmarken. Die Briefmarken klebte Friedrich auf Postkarten, die er der Großtante manchmal schrieb, sie erkannte die Motive wieder und freute sich erneut, und das wiederum freute ihn, auch wenn er angestrengt seufzte nach einem Telefonat mit ihr. Sie weinte jedes Mal, wenn sie ihn hörte. Er hörte dann auf zu sprechen, lief in der Wohnung auf und ab, machte Schränke auf und zu und wartete, bis sie sich beruhigt hatte. Friedrich konnte mit so etwas noch nie umgehen. Es kam vor, dass er zehn Minuten oder eine Viertelstunde am Stück schwieg, aber er legte nie auf. Dann stellte er die Tassen mit den schmalen Henkeln abwechselnd auf alle Veilchen, die auf der Tischdecke zu sehen waren, nacheinander. Die Blumen sahen aus wie draufgestreut, und als ich die Decke zum ersten Mal sah, gefaltet neben der Waschmaschine, da dachte ich, er habe eine Freundin. Da dachte ich, ich müsse jetzt gehen, denn es sei nicht angemessen hier zu sein, wenn ihm seine Freundin eine so bezaubernde Decke schenkt und wahrscheinlich noch bügelt, und dann erzählte er mir die Geschichte seiner Großtante, und später warf er eine Karte an sie in den Briefkasten, als er mich nach Hause brachte. Wir beließen es dabei, bei dem Schweigen, dem leisen Schlürfen, den Blicken aus dem Fenster und dem Beobachten der verschiedenen Formen, die so ein Regen annehmen kann. Manchmal öffneten wir das Fenster, es zog kalt ins Zimmer, und wir hielten die Tassen in unseren Händen statt der Hände des anderen. Hätte man reden wollen, hätte man lauter sprechen müssen als sonst oder nah aneinander rücken. Wir konnten immer dann reden, wenn es nieselte und draußen leiser wurde. Aber nie, wenn ein Sturm kam. Und das genügte uns zwei Jahre lang.

Irgendetwas kam näher, irgendetwas legte an Geschwindigkeit zu und kam direkt auf mich zu gerannt, die Grillen zirpten nicht mehr und auch die Wellen schienen mit der aufziehenden Kühle leiser geworden zu sein. Schnelles Aufschlagen von Füßen auf Sand, und jetzt hörte ich hektischen Atem, dann huschte jemand an mir vorbei. Es dauerte ein paar Sekunden, bis ich das Schniefen erkannte, die leicht nach innen fliegenden Füße im Lauf, bis ich mich aufgerappelt und die Knie durchgedrückt, den Schmerz in der Hüfte verdrängt hatte. Ich erkannte die wirren Handbewegungen, den nach vorne gestreckten Oberkörper, als würde Lene sich in der Luft abstützen wollen, die vielen Haare, die ihr sicherlich ins Gesicht hingen. Lene rannte barfuß, fiel an der Brandung beinahe in den Sand, aber sie hatte mich nicht einmal bemerkt, glaube ich, denn unbeirrt wankte sie schluchzend weiter in Richtung Leuchtturm. Mit der rechten Hand versuchte sie, sich die Kapuze des Pullovers über den Kopf zu ziehen, erwischte mit dem Ruck ein paar Haare und schrie schrill auf. Und obwohl sich außer uns und den Wellen nichts zu bewegen schien, war es laut, mir platzten beinahe die Trommelfelle vom Geräusch ihrer Schritte, ich lief hinterher und atmete mir selbst ins Gesicht, meine Füße verloren jedes Gefühl für spitze Muschelstücke oder gefährliche Kuhlen im Sand. Ich rannte ihr hinterher, die Augen weit aufgerissen, versuchte den Uferstreifen vorne am Wasser zu erreichen, ohne dabei Abstand zu ihr zu verlieren, denn vorn lief es sich besser auf dem nassen Untergrund. Sie war schnell, obwohl sie viele Schlenker machte, sie hatte Kraft. Aber irgendwann, als das Licht des Zeltplatzes uns schon nicht mehr erreichte, an der Stelle, wo der Wald bis an den Strand reicht und das Naturschutzgebiet beginnt, holte ich sie ein, packte ihre Kapuze, danach einen Zipfel von ihrem Pullover, und wieder schrie sie. Dieses Mal wohl vor Schreck. Und ich schrie auch, weil ich dachte, sie hatte mich schon kommen gehört. Lene wehrte sich und brüllte mir ins Gesicht, ich versuchte, ihre boxenden Arme irgendwie zu bändigen, ihren Füßen auszuweichen und dabei das Gleichgewicht zu behalten. Und dann auf einmal war es still. Nur unser lautes Atmen blieb zurück, ich nahm nicht einmal mehr das Meer wahr, aber es tropfte auf meine Hände, und beim Abwischen meiner Nase merkte ich, dass das nicht nur Tränen waren, sondern auch Blut. Ihre Knie knickten ein, und dann sank der ganze Körper in sich zusammen, sie saß auf ihren Füßen und hatte den Oberkörper auf ihren Oberschenkeln liegen, als habe sie jemand wie ein Taschenmesser zusammengeklappt, wie ein Blatt Papier gefaltet. Ich tastete nach ihr, meine Augen gewöhnten sich erst nach und nach an die Dunkelheit hier am Ende des Strandes. Lene war barfuß, ihr Gesicht verklebt, ihr Rücken senkte sich schnell auf und ab. »Was ist denn passiert?«, fragte ich und kam mir im nächsten Moment entsetzlich bescheuert vor.

Alles war passiert. Und jetzt kam es aus ihr heraus.

15

Während wir ihren Kuchen essen, steht sie am Fenster und sieht sorgenvoll hinaus. Ich hatte vorher gewusst, dass sie kaum etwas sagen würde. Du isst vier Stück Torte, und immer wieder schenkt sie dir Tee nach, mir Kaffee. Ihre Tassen haben einen Goldrand, manchmal glaube ich, ihre Pupillen auch.

Sie ist sehr stolz auf dich. Das sagt sie nicht, sie sitzt nur in ihrem Ohrensessel und schaut uns zu, aber nach dem dritten Stück ist man ihr Held, das kannst du nicht wissen. Der

Fernseher läuft, und während ich dir die Bilderrahmen erkläre und die Menschen darin, lehnt sie sich zurück, und ihr Kopf fällt zur Seite. Schon immer lagen ihre Hände während des Mittagsschlafs gefaltet in ihrem Schoß, als hielte sie einen Schlüssel darin versteckt, als wolle sie Haltung bewahren, auch im Schlaf noch. Du wirst ganz leise, als du siehst, dass sie eingenickt ist, du versuchst, beim Aufstehen kein Geräusch zu machen. In der Küche stellst du dich hinter mich und hältst mich fest neben dem Regal mit den Gewürzen und dem Mehl. Sieh, hier komme ich her, hier habe ich die Nachmittage meiner Kindheit verbracht und Rätsel in der Fernsehzeitung gelöst, bis meine Eltern mich am Abend abgeholt haben. Ich habe kochen gelernt und Spatzen gefüttert mit den Krümeln vom Frühstück, die hat sie mir aufgehoben. Wozu man Blumentopfunterteller braucht und warum man nicht alle Namen aus einem Adressbuch noch anrufen kann, wie man einen Knopf annäht, und warum es durchaus Sinn macht, einen Kalender zu kaufen, bei dem man jeden Tag ein Blatt abreißen kann. Es gäbe nichts Schöneres, hatte sie gesagt, als seine Tage aufeinander liegen zu sehen, zu sehen, was man geschafft hat. Außerdem seien die Zeichnungen so hübsch.
Ich stelle das Kaffeegeschirr in die Spüle, im Fernsehen singt eine Dame mit Fönfrisur vor einer Berglandschaft. Am Küchentisch blätterst du gerade durch ihre Kochbücher, in die sie Zettel mit kleinen Notizen legt, als sie wieder kerzengerade in der Küchentür steht. Ihre Haare sind auf der einen Seite vom Sesselkissen platt gedrückt, sofort schiebt sie mich beiseite und übernimmt das Kommando, mir bleibt die

Fernsehzeitung. Du darfst dir etwas wünschen, sie wird es dir kochen, wenn wir das nächste Mal kommen. Und du hast keine Ahnung, was mir das bedeutet. Als wir gehen, steht sie am Fenster und sieht sorgenvoll hinaus. Sie wartet, bis sie denkt, dass wir sie nicht mehr sehen können. Vor ihrem Auge verschwimmen wir schneller, als ihr lieb ist. Manchmal glaube ich, sie winkt noch, wenn wir schon zuhause angekommen sind, nur zur Sicherheit.

Es brannte Licht, als wir zurückkamen. Vince hatte den Tisch und die Eckbank zu einem Bett umgebaut, der Wasserkocher machte Geräusche. Ich ging noch duschen, acht abgezählte Minuten unter warmem, fast heißem Wasser. Als ich zum Wohnwagen kam, lag Lene schon im Bett. Auf der Bettkante saß Vince, ein Buch auf den Knien. Ich musste kurz lachen, sie sahen aus wie Vater und Tochter, auf dem Boden standen drei Tassen mit dampfendem Tee. Ich schlief ein, als es draußen langsam wieder hell wurde.

Gegen Mittag wachte ich auf, es war stickig im Wagen, fremde Haut berührte meine, ich musste Vinces Hand behutsam von meinem Arm nehmen, um aufstehen zu können. Draußen war geschäftiges Treiben, der Himmel war knallblau, keine einzige Wolke war zu sehen. Die Brötchen beim Bäcker waren schon ausverkauft, also nahm ich ein Brot und legte es im Wagen auf den Tisch. Dann ging ich schnurstracks zum Wasser, zog mich aus, und bei den ersten Schwimmzügen stockte mir der Atem. Die Geräusche wurden leiser, als ich weiter raus schwamm, ich tauchte unter, das Licht fiel in Streifen auf das Blau, zehn Zentimeter Meer zwischen mir und dem Himmel. Meine Füße berührten den Boden nicht mehr. Ich schwamm zurück, blieb noch eine Weile im kniehohen Wasser sitzen, beobachtete die Kinder mit den Mützen und Hüten und genoss das Gefühl, wie das Wasser mir den Sand über die Beine spülte. Lene und Vince saßen mit kleinen Augen und zerknautschten Gesichtern in den Campingstühlen, als ich nass und zufrieden zurückkam.

Wir aßen Butterbrote am Strand, und Lene erzählte sogar, dass sie zum ersten Mal seit unserer Abfahrt nicht geträumt hatte. Mir tropfte Salzwasser von den Haaren auf unsere Picknickdecke, als Lenes Handy klingelte. So laut und durchdringend, dass wir drei uns für einen Moment anschauten, Vince verschluckte sich filmreif. Das Brot in meiner Hand legte ich zurück auf den Teller, ich wagte nicht einmal aufzuschauen. »Dann wollen wir mal«, sagte Lene, stand auf, und ging mit dem Telefon am Ohr aufs Wasser zu. Ob sie etwas sagte oder nicht, konnten wir nicht erkennen. Aber wie sie nach ein paar Schritten stehen blieb, innehielt und dann weiter ging. Wie sie mit der einen Hand das Telefon und sich mit der anderen das zweite Ohr zuhielt, um den Ostseewind auszublenden. Wie sie sich dann manchmal durch die Haare fuhr und eine Bewegung machte, als wischte sie sich Staub von der Nase. Vince hatte seine Scheibe Brot in viele kleine Stücke gerissen und warf sie nun den Möwen hin. Nur drei Sekunden später waren wir von den weißen Vögeln umzingelt. Sie kreisten über uns, fingen die Krumen im Flug, als Lene das Telefon in ihre Hosentasche steckte, aber im knöchelhohen Wasser stehen blieb, ohne sich umzudrehen. Ihre rechte Hand lag so in ihrem Nacken, als würde sie sich an sich selbst festhalten. Als sie sich neben uns auf die Decke fallen ließ, schaute sie mir direkt in die Augen. »Das war Tims Vater«, sagte sie, dann sah sie zu Vince und dann wieder auf den Boden. Ihre Hand griff in den Sand und ließ ihn auf den Spann ihres Fußes rieseln. »Die Beerdigung ist in drei Tagen. Bis dahin sollten wir zurück sein.«

Berlin schien momentan alles andere als ein Zuhause zu sein. Zurückzukommen bedeutete, dass wir Antworten parat haben mussten und Gesichtsausdrücke. Zurück hatte viel zu tun damit, dass man vor seinem Kleiderschrank stehen und sich überlegen müsste, ob man auf Tims Beerdigung ein Kleid tragen wollte, das man auch schon auf einer Party mit ihm getragen hatte. Berlin bedeutete nicht nur eine Handvoll Straßenzüge, nicht nur eine Handvoll Erinnerungen. In Berlin warteten Dinge auf Lene, an die eigentlich nicht zu denken war. Durch die Straßen fahren. In die eigene Wohnung gehen. Tims Tasse neben ihrem Bett finden. Berlin, das waren Haare auf dem Laken. Die Kreuzung, an der Tim gestorben war. Ich wagte nicht daran zu denken, welche stillen Denkmäler mittlerweile für Tim und Lene gesetzt worden waren, an wie vielen Ecken und Enden der Verlust wartete, um sie dann anzuspringen. Es war seltsam zu wissen, dass es schlimm und schwierig werden würde und dass niemand in der Welt diesen Schmerz verhindern konnte.

Lene zog die Beine an ihren Körper und hinterließ sandige Spuren auf der Decke. »Sie haben einen Platz gefunden, auf dem Stralauer Friedhof. Ganz nah am Wasser, hat er gesagt.« Vince legte von hinten seine Arme um sie, und ich rührte mich nicht. Tims Eltern konnten nicht wissen, dass wir manchmal am anderen Ufer gesessen und auf die Halbinsel Stralau geschaut hatten, auf den Kirchturm und die Hecken, die großen Kastanien vorne an der Spitze der Landzunge, wo die nackten Rentner sich morgens früh um sieben in die Fluten der Spree warfen, wenn sie glaubten, dass niemand sie sah. Aber wir sahen sie, wenn wir nach dem Feiern noch der Sonne beim Aufgehen zusahen. Und ich fragte mich, ob wir dort jemals wieder sitzen würden, ob dies nun zu einem Ritual oder einer Unmöglichkeit werden würde. Ob Tims Eltern einen halben Bezirk aus Lenes Radius gestrichen hatten, oder ob es okay war. »Nah am Wasser ist gut«, sagte sie leise und starrte geradeaus, während neben uns ein Kind seinem dicken, im Sand eingegrabenen Vater einen Sandkuchen auf den hügeligen Bauch setzte. Die Möwen waren abgezogen.

Von Tims Grab aus wird man im Winter das Riesenrad sehen können, das zwischen den Bäumen hervorschaut, als warte es darauf, dass sich die Pflanzen seiner annehmen. Als sei es nur ein Gerüst, eine Kletterhilfe für die, die irgendwann kommen und Besitz davon nehmen. Morgens, wenn wir dort saßen, konnte man den Senioren mit ihren Enkelkindern beim Entenfüttern zusehen und sich darüber ärgern, denn Enten soll man nicht füttern, das hatte man uns damals im Schulgarten beim Sachkundeunterricht beigebracht. Aber die alten Leute fütterten unermüdlich weiter und wir sagten nichts, kein Wort, drehten uns um und blätterten in der Zeitung mit dem Rücken zum Fluss und dem Gesicht zur Tischtennisplatte. Im Sommer schaukelten dickbäuchige Berliner in ihren Schlauchbooten über die Spree, juchzten bei jeder Welle, die die Dampfer verursachten, die Schirme ihrer Mützen tief ins Gesicht gezogen, die Sonnenbrillen wie eine Festung. Manchmal kippten sie um und rutschten in die braunblaue Brühe. Dann zählten wir in Gedanken all die Bierflaschen, die wir schon in den Fluss geworfen hatten, und die Spuckwettbewerbe von der Oberbaumbrücke. Wenn sie fielen, passten sie auf, dass ihre Sonnenbrillen nicht versanken und ihre Mützen auch auf dem Kopf blieben. Hin und wieder landete ein knallrotes Wasserflugzeug lautstark in der hinteren Kurve. Dann blieben manchmal die Jogger stehen, die Schwäne flatterten aufgeregt herum. Die Haubentaucher schien die Panik nicht zu jucken, die verschwanden immer wieder kurz, denn wenn die Schwäne sich aufregten, wurden sie wenigstens in Ruhe gelassen. Im Winter hörte man bei jedem Spaziergang das Knistern der Eissplitter, die es nicht schafften, sich als Fläche anzuordnen auf dem Wasser, die einzeln aneinander stießen, sich überlappten, zu Haufen stapelten, es aber nie zu einer Eisschicht brachten, vielleicht zu einem zarten Überzug an den Ufern. Lene wohnte im Prenzlauer Berg hinter dem Volkspark, bis zur Halbinsel hatten wir im Winter mit dem Fahrrad zwanzig Minuten gebraucht.

»Ich kann nicht mehr«, flüsterte sie so leise, dass ich mir einen Moment lang nicht sicher war, ob ich sie wirklich gehört hatte.

Ich stellte mir vor, wie wir von oben aussehen mussten an diesem lauten Strand auf unserer Picknickdecke, drei junge Menschen, die saßen und lagen, die ihre T-Shirts nicht auszogen und fast die ganze Zeit schwiegen und glotzten. Inmitten von lärmenden Menschen machten wir kein Geräusch.

Vince stand auf und kam mit einem gelben Sonnenschirm zurück, und im schmalen Oval des Halbschattens hörten wir mit, wie sich unsere Nachbarn über den Inhalt ihrer Kühlbox stritten, über den Sand auf der Luftmatratze, über Quallen und den Knick im Titelblatt der Illustrierten. Als ein kleiner Mann mit Bierbauch in einem dunkelblau-weißgestreiften Matrosenshirt an uns vorbeischniefte, weil er einen quietschenden Wagen vor sich her schob, in dessen Bauch sich allerlei Zeug versteckte, tapste ich ein paar Schritte durch den heißen Sand und kaufte ihm eine Ausgabe der Lokalzeitung sowie zwei Becher Kaffee ab. Aus einem Schlauch floss die dunkle Flüssigkeit in die Pappbehälter. Die bedrückende Stille, die normalerweise nach einem Streit herrschte, als Kind hatte ich sie mir immer als einen Keramikfaden vorgestellt, wie ein feines, weißes, unbewegliches Band, das sich durch alles und jeden hindurchzog und die Bewegung, das tiefe Durchatmen unmöglich machte.

Ich begann, in der Zeitung zu lesen, gab aber nach zwei Absätzen auf und fächelte mir mit den Seiten kühle Luft ins Gesicht. Als Lene mit ihrer Salzsandkruste auf der Wange aufsprang, in den Sand stampfte, um ihre Beine abzuschütteln, und laut sagte: »Ich halte dieses Herumgesitze nicht länger aus«, schauten Vince und ich für einen Moment etwas entsetzt zwischen unseren Schultern hervor. Eingesunken lagen unsere Körper kreuz und quer auf der Decke, Druckerschwärze hatte auf unsere Haut abgefärbt. Ich reckte mich sofort, scheuchte Vince von der Decke, schüttelte sie aus und konnte mir dabei ein Lächeln nicht verkneifen. Dass er ebenfalls kurz lachte, sah Lene nicht mehr, denn sie war schon auf dem Weg zum Wasser.

Das Laufen tat gut, der Wind erfrischte die roten Gesichter und wir gingen auf die lange Seebrücke zu.

Als wir in einem Café an der Strandpromenade, das im Bauch eines Wals untergebracht war, Instant-Cappuccino tranken, legte Lene eine Hand auf das Bein von Vince. Das hatte sich mit der Zeit so eingespielt, so war ihre Verbindung. Eine Hand auf dem Knie, man muss sich nicht immer ansehen. Als sie Vince damals auf der Party kennengelernt und die beiden beschlossen hatten, zusammenzuziehen, dachte ich erst, das sei wieder eine ihrer Luftideen, die im ersten Moment ganz konkret vor dem Auge schweben und sich schon in der nächsten Sekunde aufgelöst haben, weil die nächste Ablenkung Aufmerksamkeit erfordert. Sie schwärmte natürlich. Dass er aussehe wie ein Rentner manchmal, wenn er gehe und dabei die Arme hinter dem Rücken verschränke. Dass er sie an ihren Großvater erinnere und das nur ein gutes Zeichen sein könne. Dass sie ein gutes Gefühl habe, was die Wohnung angeht und so. Ich glaubte ihr nicht, doch sie meinte: »Ich halte etwas davon, Menschen auf Parties kennenzulernen. Man kann sehen, ob jemand säuft, oder wie er beim Rumknutschen aussieht. Ob man zu denselben Liedern tanzt, und mit wem er nach Hause geht. Man findet relativ schnell heraus, wie man sich wohl in der Küche begegnen würde, und das ist doch schon die halbe Miete.« Es dauerte nicht lang, bis sie eine Wohnung gefunden hatten. Das war nun ungefähr drei Jahre her.

Auf dem Rückweg durch den Ort kamen wir an einem Supermarkt vorbei, Knäckebrot und Tütensuppe waren auf Dauer nicht zu ertragen. Aber im Drehkreuz am Eingang blieb Lene stehen. Ein älterer Herr wartete hinter ihr darauf, dass sie weiterging, ihr den Weg freimachte, doch sie bewegte sich nicht vom Fleck und starrte entgeistert ins Leere. Der Mann räusperte sich, tippelte nervös mit den Füßen herum und hustete durch seinen Schnurrbart in seine faltige Faust. Durch das breite Schaufenster sah ich zwei Hunde an ihren Leinen in der Sonne hecheln mit heraushängenden Zungen und müden Schwänzen. Einkaufswagen schepperten über die Pflastersteine des Parkplatzes, auf dem ein paar Jungs in weiten Hosen Skateboard fahren übten. Ich musste sie am Handgelenk nehmen und durch das Drehkreuz ziehen, der Mann hinter ihr schimpfte schon und war kurz davor, sie unsanft weiterzuschieben. Lene entwand sich meinem Griff und verschwand zwischen den Regalen, ich hatte Mühe, ihr zu folgen. Als ich sie einholte und mich neben sie stellte, sah ich, was sie sah.

Er stand an der Kasse, war vielleicht ein wenig kleiner, ein bisschen breiter. Gerade stapelte er Chipstüten und Saftkartons auf dem Laufband. Die Turnschuhe reichten ihm über die Knöchel, von der Seite sah man seinen Dreitagebart und ein paar Sommersprossen. Als er sich zur Kassiererin wandte, ihr die offene Hand mit dem Geld entgegenstreckte, lief es mir kalt den Rücken hinunter. Aus dieser Perspektive hätte man ihn beinahe für Tim halten können. Beinahe.

Die paar Meter den Gang hinunter zogen sich endlos, Lene blieb immer wieder stehen, machte Pause, wischte sich den Rotz von der Nase, nahm wahllos Lebensmittel und Packungen aus den Regalen und stellte sie woanders wieder hinein. Als wollte sie Zeit schinden. Ein paar Schritte vor, ein paar zurück. Irgendwann erreichten wir die Kasse, ich hatte unterwegs ein bisschen Obst und Joghurt eingesammelt, Brötchen und ein Kartenspiel aus der Ecke mit den Sonderangeboten. »Mir ist schlecht«, sagte Lene und erbrach sich auf den Boden. Die Frau, die in der Schlange vor uns stand, drehte sich entsetzt zu uns um, auch die Kassiererin hatte bemerkt, was geschehen war. Niemand sagte etwas. Die benachbarte Kasse fiepte und setzte dann ebenfalls aus. Schweigend schüttelte die Kassiererin den Kopf und funkelte uns mit ihren dunklen Augen böse an. Ich suchte Lenes Hand, sie hatte die Augen geschlossen und summte eine Melodie vor sich hin, die ich nicht kannte. Ich hätte auch einfach die Augen schließen, mitsummen und abwarten können, aber die Blicke der zwei Damen bohrten sich in mich hinein. Ich stellte den Fuß auf den nassen Fleck am Boden und fragte freundlich, aber bestimmt, wann es denn nun weiterginge, wir hätten nicht ewig Zeit. Schweiß stand mir auf der Stirn, aber ich knickte nicht ein. Ich bezahlte und blickte der Kassendame dabei direkt in die Augen. Dann verließen wir den Laden, Lene immer noch mit geschlossenen Augen, ich hielt sie am Arm und wies ihr den

Weg. Beim Rausgehen hörte ich die Damen schimpfen. Vince wartete im Schatten. »Frag nicht«, sagte ich und versuchte, Lene einigermaßen unfallfrei auf dem Bordstein zu platzieren. Wir aßen Bananen und starrten dabei auf eine riesige Tafel, die Werbung für Hackfleisch machte. Halb und halb, fünfhundert Gramm für zwei Euro neunzig. Ich zog einzelne Fäden von der Banane ab und ließ sie auf den Boden fallen. Lene war blass, sie schwitzte auf der Oberlippe. Die Sonne ließ die Pflastersteine grell leuchten, das Geräusch von zuschlagenden Autotüren hallte noch eine Weile nach. Wir schafften es irgendwie bis zum Zeltplatz, unterwegs trottete Lene ein paar Meter hinter uns, manchmal mussten wir stehenbleiben und auf sie warten. Sie ließ sich partout nicht berühren, schieben oder ziehen. Sie ging wie auf Zehenspitzen, ganz langsam und ein wenig taumelnd. Und summte immer wieder. Im Wohnwagen legte ich mich mit ihr ins Bett, die Tür ließen wir offenstehen, Tim spülte Geschirr. Ich schlief sofort ein.

Jemand flüsterte meinen Namen, als ich aufwachte. Vince saß auf der Bettkante, ich rieb mir die Augen. Draußen dämmerte es. Er strich mir mit der Hand über den Kopf. »Wir haben ein Aufladegerät für dich geliehen, die Nachbarn hatten eins, das passt.« Ich konnte die Informationen nicht richtig einordnen, wie viel Zeit war nach dem Einschlafen vergangen? Vince streckte mir mein Handy entgegen und sagte: »Ich warte mit Lene am Strand.« Ich schaltete das Handy ein, das Batteriezeichen leuchtete grün, und sofort piepste es mehrmals hintereinander. Einfach wieder ausschalten, dachte ich. Einfach unerreichbar sein. Meinen

Eltern sprach ich auf den Anrufbeantworter, wo wir waren. Auch Friedrichs Nummer stand in der Liste der Anrufer, aber ohne seinen Namen. Ich ließ mein Telefon die Nummer wählen und wollte nach viermal Klingeln schon auflegen, als er sich dann doch meldete. »Hallo?«, fragte er, als habe er jemand anderen erwartet. Ich erzählte ihm, wo wir waren, und nach ein paar Sätzen kamen die Worte ganz leicht, ich musste nicht mehr lange nachdenken und erzählte vom Meer und vom Supermarkt und vom nächtlichen Strand. Ich redete ohne Pause, ich hörte ihn nicht atmen zwischendurch, ich hörte mich nicht einmal selbst atmen. Ich erzählte von der Beerdigung und dem Leuchtturm, und als es mir auch entfuhr, dass ich seine Nummer gelöscht hatte, erschrak ich vor mir selbst, das war das Ende der Rede, die Worte waren damit weggeredet. Der Keramikfaden war wieder da. »Also dann«, sagte er nach einer Ewigkeit des Knackens und Rauschens in der Leitung. »Also dann«, wiederholte ich. »Tschüss.« – »Tschüss.«

Als ich an den Strand kam, sah ich Lene bis zur Hüfte im Wasser stehen. Ihre Wirbelsäule trat deutlich hervor, ich konnte sie durch das weiße, enge T-Shirt sehen. Sie stand einfach nur da und blickte zum Horizont, ihre Hände verschwanden im Wasser. Jetzt am Abend ging kein Wind mehr, nur wenig flache Wellen fraßen sich in den Sand. Lene machte keine Anstalten, aus dem Wasser zu kommen, ich konnte auch nicht erkennen, ob sie noch eine Hose trug. Ein Hund schwamm weiter hinten einem Stock hinterher. Ich war noch nicht bei Vince angekommen, da stand er auf und ging zu Lene. Ohne sich die Hosen auszuziehen, watete er zu ihr ins Wasser. Ob sie sich wirklich an den Händen hielten, konnte man nicht sehen, dennoch liefen die Linien ihrer Arme bis zur Wasseroberfläche aufeinander zu. Ich wusste, dass niemand in der Welt in diesen Tagen einsamer war als Lene, dennoch war seltsam, am Rande der Dünen zu stehen ohne jemanden an meiner Seite. Ich ging zurück zum Wohnwagen, holte Handtücher aus dem Schrank, stapfte zurück zum Strand und wartete neben zwei paar Schuhen, bis die beiden sich umdrehten und tropfend bei mir ankamen. Sie lächelten und pellten sich die nassen Sachen von den Körpern. Lenes Lippen waren blau, Vince klapperte mit den Zähnen. »Da bist du ja«, sagte Lene, als sei ich ewig weg gewesen.

16

Wir entschieden uns dafür, am nächsten Abend zu fahren, um im Dunkeln anzukommen. Vince hatte das vorgeschlagen, und Lene hatte genickt, und ich hatte gar nichts gesagt. Ich war froh, nach Hause zu kommen, gewaschene Klamotten anzuziehen, in meinem eigenen Bett zu schlafen und auf dem Fensterbrett sitzend Tee zu trinken. Ich würde ein Bad nehmen, die Pflanzen gießen, vielleicht den Keller aufräumen. Aber ich fragte mich, was wohl mit Lene geschehen würde, ob sie große Angst hatte oder vielleicht auch ein bisschen erleichtert war, mit welchem Gefühl sie wohl ihre

Haustür unten aufschieben und danach an den Briefkästen vorbeigehen würde. Wie viele Schritte sie nehmen musste, um im dritten Stock anzukommen, wie viel Kraft sie dazu brauchte, und ob es eigentlich eine Heimkehr für sie war, ob sie noch etwas wiedererkannte. Heimkommen ist, wenn man sich im Spiegel anschaut, feststellt, dass man ein paar Falten unter den Augen und Farbe bekommen hat, sich durch die Haare fährt und beim Verlassen des Badezimmers die Tür offen lässt, durch alle Zimmer geht, um mal so zu gucken. Wenn man zuhause bleibt, obwohl man nichts mehr zu Essen im Haus hat und die Geschäfte sogar noch geöffnet wären, nur um nicht noch einmal auf die Straße zu müssen. Heimkommen ist, wenn man nicht sofort Musik anmacht, sondern noch ein paar Minuten wartet, weil die ganze Zeit etwas war, und hier wieder nichts ist, und wenn man dann zur Seite mit dem Kopf auf ein Kissen fällt und einfach liegenbleibt.

Wir saßen vor dem Wohnwagen. »Könnt ihr euch noch erinnern, wie wir auf die Insel geschwommen sind?«, fragte Lene in das Flackern des Kerzenlichtes hinein. Ich schaute sie an, Vince schien irgendwo anders mit den Gedanken zu sein, denn er starrte zu Boden. Lene saß in unserer Mitte, und im Profil überlagerten sich ihre Nasenspitzen. Ich wusste sofort, dass wir damals am Liebnitzsee ähnlich da gesessen hatten. Friedrich war nicht mitgekommen, dieses und andere Male. Also fuhren wir zu dritt abends noch einmal los, durch die kleinen Vororte von Berlin, auf der alten, mit Platten gepflasterten Autobahn. Auf dem Weg zum See begannen wir damit, die Luftmatratze aufzupusten, und kamen nur langsam voran. Lene lief an der Spitze der kleinen Karawane, wir hatten nur Handtücher dabei, es war noch hell. Man hörte, wie ein paar Jugendliche mit Bierflaschen anstießen, Liebespaare und solche, die es werden wollten, saßen nebeneinander und hielten die Füße ins abendwarme Wasser. Und wir warteten nicht lange, zogen uns aus, stapelten die Klamotten auf der Matratze und schwammen zur Insel, die mit einem kleinen Sandstrand wie ein Ball im Wasser lag. Drüben angekommen saßen und schauten wir, bis die Sonne unterging. Erst dann machten wir uns auf den Rückweg. Als wir am Ufer ankamen, war es stockfinster. Nirgendwo ein Licht. Manchmal schimmerten ein paar Flecken Himmel zwischen den Baumwipfeln hervor. Wir hielten uns an den Händen, Lene ging wieder voraus. Sobald wir auf Laub traten, wussten wir, wir waren falsch. Erst, als wir zuhause ankamen, ich den Sitz nach vorne klappen musste, um von der Rückbank aus dem Auto zu steigen, ließ Vince meine Hand los. Am nächsten Morgen flog er für sechs Wochen nach Lateinamerika. Lene schickte er eine Postkarte, auf der er mir Grüße ausrichten ließ. Als Lene mir die Karte entgegenstreckte, nahm ich sie und klemmte sie an den Flurspiegel. Mit Kugelschreiber schrieb ich einen Zettel und schob ihn unter Vinces Zimmertür hindurch. »Grüße zurück.«

»Ja«, sagten wir beide gleichzeitig nach ein paar Sekunden Stille, Vince und ich. Und Lene lachte kurz auf, während wir etwas peinlich berührt in der Gegend herumschauten.

Nachts im Bett lag Lene zwischen uns. Vince las wieder etwas aus den Meergeschichten vor, die er im Schrank gefunden hatte. An seiner Schulter schlief Lene nach fünf Minuten ein, aber ich konnte irgendwie nicht und hörte weiter zu, wie er die Geschichte zu Ende las und dann noch eine. Und noch eine. Irgendwann legte er das Buch beiseite, knipste das Licht aus, und wir sahen durch den schmalen Spalt zwischen den Gardinen, wie es draußen hell wurde, hörten einander beim Atmen zu, am Morgen noch, warfen manchmal einen Blick auf Lene, die wieder unruhig schlief. Wir blieben standhaft wie Wachen vor der Burg, die nicht wissen, wie lange sie noch ausharren müssen. Und ob jemand kommt, um sie abzulösen.

Sie sah immer wieder auf die Uhr zwischendurch. »Wir müssen eigentlich nicht heute fahren«, sagte sie, während sie ihr Frühstücksbrötchen in kleine Stücke riss, aus denen sie auf ihrem Teller einen kleinen Berg baute. »Wir fahren aber«, sagte Vince bestimmt, und ich schaute ihn verwundert an, denn sein Tonfall war der eines Vaters, der etwas beschlossen hatte, um etwas zu beschließen, egal, ob es sinnvoll war oder nicht. Ich hätte das so nicht sagen können, aber vielleicht war es gut, dass jemand einen Takt vorgab, dass wir die Rückkehr nicht weiter vor uns herschoben. Wir würden nachts ankommen, hätten noch einen Tag vor der Beerdigung. »Kommen deine Eltern?«, fragte Vince. »Übermorgen, meine ich.« Lene nahm ein Stück Brötchen, formte es zu einem Ball und steckte es sich dann in den Mund, ohne zu kauen. Sie behielt es in der einen Backe, während sie den Kopf schüttelte und meinte, sie wüssten noch gar nicht, wann die Beerdigung stattfinde. »Soll ich das machen?«, fragte ich, »ihnen Bescheid sagen? Ich glaube, es ist gut, wenn sie da sind.« Lene schob den Ball mit der Zunge hin und her und zuckte mit den Schultern. Ich holte mein Telefon aus dem Wohnwagen und sprach mit Lenes Eltern, so sachlich wie möglich. Lenes Mutter weinte, und auch ich musste schlucken. Dass sie sich Sorgen machten, hörte man. Dass sie ratlos waren, ebenso. »Ich glaube, es ist gut, wenn ihr da seid«, wiederholte ich, und in der Ferne sagte Lenes Mama: »Das sind wir die ganze Zeit.« – »Ich weiß«, sagte ich. »Sie weiß das auch. Es ist nur die Stadt. Er ist halt überall.« Und dann schluchzte es wieder am anderen Ende der Leitung, es knackte und raschelte, und dann war Lenes Vater am Apparat. Ich gab ihm noch Ort und Zeit durch, wusste aber, dass sie morgen vor Lenes Tür stehen würden. Beim Abwaschen rutschten mir zwei Teller aus der Hand. Einer zersprang nur in zwei Hälften, sodass es auf den ersten Blick aussah, als könne man ihn einfach in der Mitte wieder zusammenkleben. Ein schmaler Streifen in der Mitte jedoch war in viele kleine Teile zersplittert. Hielt man die beiden Hälften aneinander, blieb in der Mitte ein Riss.

Wir gingen zum Leuchtturm, Lene kaufte eine Postkarte und legte ihre Wange an den roten Backstein, der in der Sonne warm geworden war. Auf dem Rückweg wurden ihre Schritte kürzer und langsamer, hier und da fand sie am

Wegrand etwas, das zu beobachten war, ein Vogel auf dem Baum, ein Rascheln im Gebüsch, das Muster eines Baumstammes. Vince legte irgendwann seinen Arm um sie, und dann gingen wir einfach nur noch geradeaus den Weg durch das Naturschutzgebiet bis zum Zeltplatz zurück. Und Lene wartete in einem Campingstuhl, bis Vince und ich die Sachen zusammengesucht hatten. Gerade, als wir die Taschen vor den Wohnwagen gestellt, den Tisch zusammengeklappt und verstaut hatten, stand sie noch einmal auf und ging in Richtung Strand. »Lass sie«, sagte ich leise zu Vince, der sich beschweren wollte. Und während Lene den kleinen Hügel der Düne überwand und dahinter verschwand, trugen wir das Gepäck zum Auto und verstauten es. Wir öffneten alle Türen, kurbelten die Fenster herunter, und als Vince ein paar Kassetten aus dem Handschuhfach hervorkramte, um etwas für die Fahrt auszusuchen, stopfte ich sie wieder zurück und erklärte ihm, dass wir die nicht brauchen würden. Noch nicht. Lene kam eine halbe Stunde später langsam zwischen den Bäumen hervor. Sie setzte sich auf die Rückbank, leerte ihre Schuhe noch einmal aus. Als sie die Füße ins Auto gehoben und sich angeschnallt hatte, schaute sie uns mit hochgezogenen Augenbrauen fragend an: »Können wir?« Die Türen wurden geschlossen, ich setzte mich zu ihr nach hinten, und als wir wieder auf der langen Straße entlang des Dünenwaldes waren, zog sich auch mein Magen krampfartig zusammen. Lene hatte das Fenster offen gelassen und streckte ihren Kopf hinaus in Richtung Meer, sie behielt ihn draußen, als wir am Bodden vorbei über die schmale Brücke aufs Festland zurückfuhren. Dann erst lehnte sie sich zurück, kurbelte die Scheibe hoch und fragte: »Können wir das Radio anmachen?« Und Vince schaltete das Radio ein, sie löste ihren Gurt und legte ihren Kopf auf meine Beine, bekam nichts mehr mit von der Landschaft da draußen, während ich die Rapsfelder, das leuchtende Gelb und satte Grün zum ersten Mal wirklich betrachtete. Die kleinen Häuser und Strommasten, die an uns vorbeiflogen, die gelangweilten Kinder mit den Gameboys auf den Rücksitzen der Kombis, Pferde, Schafe und Kühe, die sich in den Schatten der Bäume und Büsche zurückgezogen hatten, die riesigen Wolkenberge am Horizont. Manchmal drehte Vince sich vergewissernd um, schaute zwei, drei Sekunden und sah dann wieder auf die Straße, zwischendurch fanden wir einander ab und an im Rückspiegel. Als wir kurz vor Berlin waren, schreckte ich auf. Es war dunkel geworden, der Wagen zuckelte durch ein Industriegebiet, Lenes Kopf schien mittlerweile zehn Kilo auf meinem Oberschenkel zu wiegen. Vor uns lag die Stadt im Dunkeln, und ich bekam es mit der Angst zu tun.

Die Schritte die Treppe hinauf hallten laut. Zuvor das Klicken des Lichtschalters, das Geräusch des Briefkastenschlüssels im Schloss, gefaltetes und gestopftes Papier. Durch das Fenster im Hausflur konnte ich den Mond sehen. Die Stadt sieht im Dunkeln immer fremd aus, als habe sie keinen Geruch, als blieben nur Ahnungen und Reste vom lauten, knarrenden Tag. Lene ging vor mir die Treppen zu ihrer Wohnung hinauf, den Rucksack auf der einen Schulter, den anderen Arm nach vorne gestreckt, Vinces Hand in ihrer. Und ich immer achtsam dahinter mit dem Blick auf die Stufen, die Fenster, die Fußabtreter, es hatte sich nichts verändert. Der Geruch war derselbe, Vince schloss die Tür auf, und dann standen wir im Flur, betrachteten Lenes zueinander gedrehte Fußspitzen, Vince machte Licht in der Küche, ich nahm Lene den Rucksack ab und die Jacke, schmiss alles in die Ecke. Dann streifte sie sich die Schuhe von den Füßen, ging in ihr Zimmer und schloss hinter sich die Tür. Vince kam aus der Küche und schaute mich fragend an. Ich kam mir seltsam vor im Flur, also folgte ich ihm in sein Zimmer, stand eine Weile orientierungslos herum. Seine Jacke schmiss er aufs Bett, ich hatte immer noch alles an. Es war auf eine Art und Weise still, wie es immer still ist, wenn es eigentlich keinen Platz für Menschen gibt. »Ich geh mal nach Hause«, sagte ich. »Rufst du mich an, wenn etwas ist?« – »Natürlich«, antwortete er und schaute mich an, ich drehte mich um, ging durch den Flur, überlegte kurz, ob ich noch einmal an Lenes Tür klopfen sollte, ließ es dann aber bleiben und schloss die Wohnungstür hinter mir. Im Dunkeln machte ich mich auf den Weg nach unten und betrat noch einmal den kleinen Hof. Mit dem Kopf im Nacken hoffte ich auf ein Schimmern, irgendeine Regung, aber dort, wo ihr Fenster am Tage zu sehen war, blieb es dunkel. Die Mülltonnen stanken von der Hitze des Tages, und als ich vor dem großen Haus stand und auf die Straße sah, auf der kein Auto und keine Straßenbahn mehr fuhr, war es schwer, Luft zu holen. Aber die Beine bewegten sich beinahe von allein, bogen ab und trugen mich herum. Nicht viele Leute waren um diese Zeit noch unterwegs, aber langsam kam die Vertrautheit zurück. Es ist seltsam, dass man es nie merkt, wenn jemand die Stadt verlässt oder hinzukommt. Fehlt dann aber einer, der dir nahe steht, macht es etwas aus. Jedes Straßenschild, jede Ecke bekommt eine Konnotation, die Dinge sehen verändert aus, obwohl sie sich nicht einen Zentimeter bewegt haben. Es ist, als sähe man alles ein paar Sekunden lang zum allerersten Mal. Einer weniger.

»Ich bin's«, sagte ich nur, nachdem ich geklingelt hatte. Friedrich war schneller an der Tür, als ich gedacht hatte. Kein Wort, aber der Summer. Und diesmal rannte ich beinahe die Stufen hinauf. Da stand er, eine Hand in die Hüfte gestützt, die andere Körperhälfte hinter der Tür versteckt. »Kann ich reinkommen?«, fragte ich. Friedrich nickte. Es roch nach Gemüsesuppe und ausgepusteter Kerze, auf dem Boden lagen Bücher und Zettel verstreut. »Ich räume auf«, sagte er auf meinen verwunderten Blick hin. »Wegwerfen und sortieren.« – »Sieht eher nach neuem Bodenbelag aus«, sagte ich und lächelte, aber er lächelte nicht zurück, sondern setzte sich auf seinen Schreibtischstuhl, stellte die Füße auf den Rollen ab und schaute mich an wie Vince zuvor. Erwartungsvoll. »Was schaust du so?«, fragte ich und schob mit dem Fuß ein paar Blätter herum. Ein Zuhausegefühl hatte ich nicht wirklich erwartet, aber vielleicht eine Regung, die mich umstimmen könnte. Mir das Gefühl geben könnte, ich hätte mich geirrt, der Umstände wegen.

Es passierte nichts. Dann stand Friedrich auf, kam auf

mich zu und nahm mich in den Arm. Er legte die Hände um meinen Oberkörper, aber ich spürte sie kaum. Wie ein Pullover, der ein bisschen zu groß ist, es hätte auch eine dieser leichten, neuartigen Bettdecken sein können. Mir war nach Daunendecke, nach etwas Schwerem, unter dem man einfach liegenbleiben kann und warten, dass es warm wird. Aus dem der Kopf in die kalte Luft draußen ragt und die klaren Gedanken bewahrt, während der Körperrest einfach ausruht und langsam niedersinkt. Meine Hände umfassten seinen Rücken, erst jetzt fiel mir auf, dass das Radio lief. »Du hast mir gefehlt«, sagte er ein bisschen zu laut und rückte dabei ein bisschen von mir ab, um mir in die Augen zu sehen. Fragend. Ich sagte nichts darauf, sondern rückte erneut an ihn heran, verschränkte die Hände hinter seinem Rücken, schloss die Augen und atmete ein und aus. Wir schwankten ein bisschen, als ich mich anlehnte, fiel er beinahe um. Wir lösten uns voneinander, dann holte er Wein aus der Küche, und wir tranken jeder zwei Gläser, während er am Schreibtisch saß und ich auf dem Boden zwischen all dem Papier. Hin und wieder warf ich einen Blick darauf. Es waren Mitschriften aus dem Studium, ein paar Rechnungen, hier und da ein Werbeprospekt, ungelesene und gelesene Romane, ein paar Aufkleber. Auf manchen Zetteln jedoch standen Notizen, manchmal nur vier bis fünf Worte, ab und an ganze Absätze, Beobachtungen, direkt neben mir lag die Beschreibung eines Wartezimmers. Noch bevor ich ihn fragen konnte, wann er beim Arzt gewesen sei und wieso, noch bevor ich mich wundern konnte, dass ich nichts von seinem Schreiben, seinem Hang zu Notizen wusste, schlief ich auf dem Boden ein. Ich wachte auf, als es gerade wieder hell wurde und die Bäume vor dem Fenster nur als schwarze Linien auf rosa Grund zu erkennen waren. Kissen und Decke ließ ich liegen, Friedrich lag in seinem Bett und schlief. Tief und fest. Er wachte nicht auf von meinen Schritten in den Flur und aus der Tür, die Treppe hinunter. Einen Zettel hatte ich mitgenommen, darauf stand in Anführungszeichen: »Manche Dinge ändern sich nie.« Wahrscheinlich würde er es gar nicht merken.

Zuhause angekommen öffnete ich alle Fenster und schlief mit dem Kopf auf dem Küchentisch wieder ein. Ich träumte etwas, aber ich konnte mich nicht mehr daran erinnern, als mich das Klingeln des Telefons weckte. Im ersten Moment wusste ich nicht, wo ich war. Das Telefon klingelte weiter, ich fand es im Bad, das Déjà-vu war vorprogrammiert, als ich zur Wanne stolperte. Auf dem Schuhregal lag die in der Plastikfolie schimmelnde Pizza. »Kannst du kommen?«, fragte Vince leise. Ich funktionierte seltsamerweise erstaunlich gut, ohne Störungen im System. Eine halbe Stunde später stand ich wieder vor Lenes Zimmer, ich fühlte mich wie nach vier Tassen Kaffee, alles zitterte, aber die Leitungen waren intakt, die Muskeln reagierten auf die Befehle aus dem Gehirn. Ich öffnete die Tür, Lene saß auf dem Boden, sie schaute nach oben aus dem Fenster und ich setzte mich hinter sie, mein Bauch in ihrem Rücken. Sie zitterte auch.

Wir liefen ein bisschen durch die Straßen, alles hatte irgendwie mit Vorsicht zu tun. Und das Videoclipgefühl wich nicht von unserer Seite, das Gefühl, sich in Zeitlupe zu bewegen, sich selbst von schräg hinten zu sehen. Als habe jemand die Sättigung heruntergedreht und die Verbindung von Körper und Geist abgeklemmt. Ein krisseliges Bild, ein bisschen verwackelt, und Menschen, die durchs Bild laufen, von denen man manchmal im ersten Moment denkt, sie vielleicht zu kennen. Dann schüttelt man den Kopf und versucht, nicht mehr auf die Gesichter zu achten, sondern nur noch auf die Straßenschilder und Ampelphasen, auf die Tafeln, die auf dem Bürgersteig stehen und auf die jemand in schräger Schönschrift die Angebote des Tages geschrieben hat. Ich lief einen halben Schritt hinter Lene, Vince war zuhause geblieben, um zu kochen und Wäsche zu waschen, das sagte er jedenfalls. Mit der Hand strich sie manchmal die Häusermauern entlang, es machte ein leises, seltsames Geräusch, diese Haut auf dem Stein. Die Straßen dampften vor Hitze, und irgendwann saßen wir am Spreeufer und schauten auf den Dom, während die ganze Zeit Dampfer mit Touristen beladen an uns vorbeizuckelten, behäbig und schwerfällig. Neben uns spielten sich ein paar barfüßige Jungs einen Hackysack zu, irgendwo lachte jemand und irgendwo rief jemand, und die meisten suchten den Asphalt mit den Augen nach einem Stück Schatten ab. Es schien immer wärmer geworden zu sein, jeden Tag ein halbes Grad, und ich fragte mich, was wohl die Konsequenz wäre, wenn es einfach immer so weiterginge. Ob wir langsam vor uns hin schmelzen würden und alle Materialien eine puddingartige Konsistenz hätten. Ob irgendwann auch die Nachrichten und das hysterische Geschrei in den Medien aufhören würden, weil niemand mehr die Kraft hätte, auch nur den Mund zu öffnen. In einer kochenden Hitze würde alles verstummen und irgendwann verschwimmen zu einem dicken Brei aus Asphalt und Blech und Plastiktüten, aus Haaren und Stoff und Hautschuppen und Grashalmen, aus Ästen und Abwasser und Glas, und niemand könnte mehr das eine vom anderen unterscheiden. Es müsste auch eine Farbe haben, dieses dickflüssige, zähe Gemisch, das sich wie die Dampfer langsam über die Wege schieben und immer neue Dinge mitreißen würde. Lene ging los und kaufte uns ein Eis bei dem Mann, der mit seinem Autobus oben auf der Brücke stand und durch ein Megaphon plärrte. Er wurde dadurch nicht ruhig, ich bekam Schokolade und Banane, während Lene eine Waffel mit zwei Kugeln Zitrone in ihren Händen hielt und dem Eis beim Schmelzen und Herunterlaufen zusah, beim Tropfen auf den Stein. Als die Hälfte rausgetropft war und die andere Hälfte flüssig in der Waffel stand, goss sie sich diese wie Wasser in den Mund. Mit dem Handgelenk wischte sie sich über die Mundwinkel, und dann klebten ein paar Tropfen dort an dünnen, blonden Härchen für den Rest des Tages und am Abend noch, als wir gemeinsam vor ihrem Kleiderschrank standen und schauten und schwiegen.

Die Nacht verbrachten wir zu dritt im Bett, ineinander verkeilt, schwer atmend, nur kurz schlafend. Die Laternen gingen an, als Lene erzählte, wie sie damals mit Tim in Kreuzberg unterwegs war, kurz nachdem sie sich kennengelernt hatten. Er trug die Schuhe von dem Photo.

Sie hatten schon vor dem Abendessen angefangen, Wodka zu trinken, in einer Eckkneipe sitzend, der Schnaps wurde ihnen in winzigen Gläsern von der Bedienung auf den Tisch geknallt, sie wusste auch gar nicht mehr, wer auf die Idee gekommen war, aber sie saßen in dieser verrauchten Eckkneipe und zählten die U-Bahnen, die oberirdisch an ihnen vorbeidüsten. Dann gingen sie essen. Am Tag davor war Tim die Treppe hinuntergefallen, und sie guckte immer wieder auf das Pflaster an seinem Kinn und achtete nicht auf ihren Teller und piekte immer wieder mit der Gabel daneben. Irgendwann war der Teller leer, und sie tranken weiter, liefen ein bisschen herum, und als es wieder anfing zu regnen, klingelten sie an der Tür eines Hauses, wo im zweiten Stock eine Party gefeiert wurde und Flaschen vom Balkon auf die Straße flogen. Im Treppenhaus nahm Tim Lenes Hand und zog sie nach oben, sie blieben kaum beieinander in diesem mit Leuten vollgestopften Flur, ständig zerrte jemand an ihnen und sie hörten beide nicht auf zu reden, obwohl sie kein Wort des anderen verstanden, kein einziges. Aber immer, wenn er den Mund öffnete, machte das Pflaster am Kinn so eine kleine Falte, die sah aus wie ein Grübchen. Und auch das Tanzen funktionierte nicht, jemand schüttete ihr Gin Tonic über die Schulter und sie blieben trotzdem und stellten sich von einem Bein aufs andere und beobachteten die Menschen und sich gegenseitig und tranken immer weiter. Einmal blieb er lange weg, er war in der Meute verschwunden, um Getränke zu holen, und kam ewig nicht zurück. Da überlegte Lene schon, einfach zu gehen, weil sie dachte, das kann es doch jetzt nicht sein, so einfach kann es doch nicht sein, dass wir uns treffen auf dieser Party und dann noch einmal und dann ist es immer noch gut, denn meistens ist es doch beim zweiten Mal scheiße. Sie traute diesem ganzen Frieden nicht, und als sie schon dachte, dass sie nun einfach gehen würde, dass er sie schon finden würde, wenn er sie finden sollte, da stand er wieder vor ihr mit den Gläsern und grinste. Sie tanzten irgendwie, ließen sich herumschieben. Als sie vor die Tür gingen, dämmerte es, und sie hatte keine Ahnung mehr, wo sie eigentlich gelandet waren. Tim fragte dann, ob er sie nach Hause bringen solle, und sie antwortete, sie müssten sich schon jetzt hier standesgemäß verabschieden, weil man nicht so einfach mitgehen könne, das wäre nicht angemessen, und das könne er mit den anderen machen, aber nicht mit ihr. Dabei wankte Lene schon und Tim hielt sie fest und musste lachen. Und dann umarmten sie sich, und er flüsterte, ob das denn standesgemäß sei, und Lene nickte und drehte sich um und marschierte davon, so gut es noch ging. Er blieb stehen und rief ihr noch hinterher, ob sie denn wüsste, wo es zur U-Bahn ginge. Ja ja, das wüsste sie schon ganz gut, rief Lene zurück, ohne sich umzudrehen. Und er meinte dann, dass die U-Bahn in der entgegengesetzten Richtung sei, deswegen wollte er besser noch mal nachfragen. Lene winkte ab und ging weiter geradeaus und brauchte anderthalb Stunden nach Hause. Aber als sie vor ihrem Haus stand, konnte sie nicht sofort reingehen, und dann habe sie mich angerufen. Etwas später standen wir oben auf dem Berg, und jetzt erzählte Lene, wie sie sich damals an die Vorstellung gewöhnte, dass es auch zur Abwechslung einfach mal einfach sein konnte. So leicht.

17

Ich hörte ihn die Treppe heraufkommen, jeden Schritt, und mir war beinahe, als könne ich sogar die Beugung seiner Kniegelenke hören und wie sich seine Hand zwischendurch für ein paar Stufen auf das Geländer legt. Ich öffnete nicht die Tür, sondern stand wie angewurzelt vor dem Kleiderschrank, bis die Schritte einfach verstummten. Nun stand er draußen vor der Tür. Wir atmeten von zwei Seiten dagegen, und ich wartete noch ein paar Momente, bis ich öffnete. Wir sagten nichts. Kein Wort, das wir nicht schon einmal gehört hätten. Friedrichs Blick fiel auf meine unausgepackte Tasche, die noch im Flur stand. Ich suchte meine graue Strickjacke, ich steckte mit dem Kopf im Kleiderschrank, er lehnte am Türrahmen, die Hände in den Hosentaschen, und schaute aus dem Fenster. Er sah gut aus in seinem braunen Anzug. Ich ging an ihm vorbei, um mir die Schuhe anzuziehen. Er roch anders als sonst. Er roch normalerweise gar nicht. Und ich machte Falten in mein Kleid, als ich mich bückte und es dreimal nicht schaffte, die Schnallen am Schuh zu schließen. Dann standen wir nebeneinander vor der Tür. Er hielt mir den Arm hin wie bei einem festlichen Anlass, und so schritten wir die Treppe hinunter. Im Hausflur roch es nach Suppengemüse und Zigaretten, ich öffnete in jeder Zwischenetage ein Fenster. Und dann hielt er mir die Autotür auf, und ich dachte erst, er wolle selbst einsteigen, und ich solle fahren. Ich begriff erst, als er mir zunickte. Auf unserem Weg kippte ich die Sitzlehne so weit zurück, dass ich beinahe auf dem Rücken lag. Schornsteine und Bäume, Himmel und Wolken, Straßenschilder und Oberleitungen flogen vorbei, und ich wagte nicht, die Augen zu schließen, ich hoffte insgeheim, einfach nicht anzukommen, so wie in den letzten Tagen.

Aber dann hielt Friedrich, und als ich mich aufrichtete, sah ich das Tor zum Friedhof ein paar Meter entfernt und eine Menschentraube davor mit weißen Hemden und schwarzen Bügelfaltenhosen und in die Stirn gekämmten Ponys. Wir stiegen aus und am liebsten wäre ich einfach vorbeigegangen, hätte kein Gesicht erkannt und erleichtert aufgeatmet nach einem kurzen Seitenblick. Ich wäre gern eine Fremde gewesen, dann hätte ich weitergehen können auf dem schmalen Bürgersteig entlang und an der Bushaltestelle vorbei bis ans Ende der Straße, zu der Wiese, über die man noch gehen muss, um direkt am Wasser zu stehen, die im Herbst so dicht mit bunten Blättern bedeckt ist, dass alles darunter liegen könnte, man würde es nicht erkennen. Vielleicht hätte ich mich hingesetzt und ein Buch gelesen, einen älteren Herren in Badehose mit seinem Motorboot vorbeifahren sehen, und irgendwann hätte ich die Kapellenglocken läuten gehört und mich gefragt, wie spät es wohl sei. Ich hätte keine Uhr dabei gehabt. Und wäre irgendwann nach Hause gegangen mit einem roten Gesicht von der Sonne, die dann schon hinter den Bäumen und dem Riesenrad verschwunden wäre. Vielleicht wären mir die frischen, sattgrünen Kränze aufgefallen mit den blendend weißen Schleifen, aber die Aufschriften hätte ich aus der Entfernung nicht lesen können. Vielleicht hätten noch ein paar Trauergäste an der Bushaltestelle oder dem Parkplatz gestanden. Sie wären mir fremd gewesen, und ich hätte überlegt, was ich später essen würde. Ich hätte mir keine Sorgen gemacht, denn es wären wie immer die anderen gewesen. Irgendjemand. Nicht wir.

Rot, gelb, grün, blau, lila und grau fiel das Licht durch die kleinen Glasquadrate des Kirchenfensters auf den gekachelten Boden. Ein paar bunte Flecken lagen auf den Bankreihen, ein Surren und Flüstern hing in der Luft. Im Bauch der Kirche war es kalt. »Wie lange dauert so was eigentlich?«, fragte ich und drehte mich um in der Annahme, Friedrich sei hinter mir. Aber ich fragte ins Leere, denn er stand noch an der großen, schweren Holztür und schaute nach draußen. Es war auch egal eigentlich, es dauerte so lange, wie es dauern musste, von mir aus eine Woche.

Und dann stand er da. Ein schmaler, dunkelbrauner Sarg, auf dem ein großer, geflochtener Kranz lag. Und außer mir sah niemand hin. Alle versuchten, den Blick über die Empore wandern zu lassen, über die bunten Fenster. Neben Tims Sarg hatte man ein vergrößertes, gerahmtes Photo aufgestellt, das Lene während unseres Schwedenurlaubs gemacht hatte. Er lachte breit, seine Haare wurden vom Wind durcheinander gewirbelt, wir hatten am Hafen gesessen und Milchshakes getrunken auf den schmalen Planken der kleinen Stege, wo die Boote lagen.

Lene kam in die Kirche. Ich erkannte sie erst, als sie mit den Fußspitzen beinahe gegen meine stieß. Sie war blass, hatte die Haare streng zurückgebunden. Sie legte ihre Hände auf meine Schultern und lehnte ihren Kopf an meinen Kopf, unsere Stirnen aneinander. Dann ging sie nach vorne und nahm ihren Platz in der ersten Reihe direkt neben Tims Eltern ein, als hätte sie das vorher geübt. Sie ging nicht zu schnell und nicht zu langsam, sie senkte den Kopf, als sie ganz vorne angekommen war und sich zwischen Vince und die Mutter von Tim setzte. Friedrich und ich nahmen in einer der hinteren Reihen Platz, und ich schaute auf all diese Köpfe, als gehörte ich nicht dazu.

Die meisten Leute, die etwas sagten oder eine Rede hielten, kannte ich nicht. Tims Bruder Albert hatte ich schon einmal gesehen, ich konnte mich nicht mehr genau erinnern, wo. Als er seinen vorletzten Satz beendet hatte, fiel ihm eine Träne aufs Jackett, das sah man auch von ganz hinten noch. Und die starren Nacken seiner Eltern, die alle Kraft verwenden mussten, um gerade sitzen zu bleiben. Auch das Aufstehen am Ende fiel ihnen schwer, jede Bewegung hinter dem Sarg her, der hinausgetragen wurde und dem alle folgten. Das Dröhnen der Orgel, das Rauschen des Windes in den Blättern der Bäume, das Geräusch von Wasser, und hinter all dem der ferne Lärm der Stadt, all die Füße und Beine in ihrem schweren Gang, all die verschwitzten Hände und Wangen, die roten Augen und unsicheren Blicke, die Strähnen, die an den Gesichtern klebten. Man berührte sich flüchtig, wie um sich der Gegenwart der anderen zu vergewissern, aber nie länger als eine Sekunde. Am Grab dann sah ich, wie Lenes Schultern sich zwischen all den anderen hoben und senkten. Tims Vater mit seinem schütteren Haar neben der ausgehobenen Grube, als fiele er jeden Moment einfach auseinander, als seien seine Glieder nur lose aneinander gehängt worden. Die Hand seiner Frau ließ er nicht los. Ein Kopf kleiner stand sie neben ihm wie eine Porzellanfigur, unbewegt und starr schaute sie geradeaus zwischen die Bäume und all die anderen Gräber, manchmal zuckten ihre Augenlider. Ihre Arme hingen herunter, als hielte sie Steine in den Händen. Wir alle standen unter Birken, jemand redete, manchmal übertönt vom Wind. Es gab dann noch jemanden mit einer Geige und einem Korb mit Zettelchen, auf die jeder zum Abschied etwas schreiben konnte. In seinen Hosentaschen bewegte Friedrich seine Daumen auf und ab, ich sah die ständige Bewegung im Augenwinkel. Als etwas Kaltes meine Hand berührte, erschrak ich. Lene stand plötzlich neben mir, ihr Gesicht glänzte, als habe sie Fieber. Mit geschlossenen Augen warteten wir in der dritten Reihe, und als ich die Augen wieder aufmachte, waren ihre noch zu. Sie hörte nur, wie man den Sarg langsam hinabließ, sie hörte nur, wie die ersten Leute nach vorne traten und Blumen oder die kleinen, weißen Zettel hineinwarfen. Manche sanken auf die Knie und behielten Grasflecken zurück, andere bewegten lautlos die Lippen, manche schauten nur. Lene sah nicht, wie Tims Vater zwei Zettel in die Hand nahm und versuchte, sie nicht zu werfen, sondern eher zu legen, dass das Loch dafür aber zu tief war. Sie sah nicht die zitternden Arme von Albert, die den Korb hielten. Und sie sah das Motorboot nicht, das auf der Spree an uns vorbeifuhr.

Die Menge lichtete sich, und irgendwann standen nur noch Albert und Vince dort. Ich drückte Lenes Hand, woraufhin sie die Augen öffnete, ganz langsam, ganz vorsichtig. Aber wir waren alle noch da, niemand war verschwunden, es hatte kein neues Leben begonnen. Es war immer noch nicht vorüber. Meine Hand berührte Lenes Rücken, sie machte ein paar Schritte nach vorn und ging zum Rand des Grabes. Ihre Finger klammerten sich in den Stoff ihres Kleides, zogen ein paar Falten zusammen und ließen sie wieder fallen. Dann setzte sie sich und ich konnte sie weinen hören. Albert stellte den Korb neben ihr ab und trat wieder einen Schritt zurück, eine Schweißperle lief mir über das Schulterblatt. Lene winkte Albert zu sich und dann hockten sie beide auf dem Boden. Ihren Kopf legte sie auf seine Schulter, und dann wurden wir wieder zum Standbild, zur Momentaufnahme, bis Lene sich rührte und Albert etwas entsetzt ansah. Ich brauchte eine Weile, um zu merken, dass er weinte. Wir sahen nicht, wie hinter uns graue Wolken aufzogen, wie der Himmel sich verdunkelte. Wir standen nur und schauten, und als Lene einen Zettel aus dem Korb nahm, kamen die ersten Tropfen herunter. Sie schrieb etwas auf das Papier, und Vorder- und Rückseite genügten nicht, also nahm sie noch einen Zettel aus dem Korb und schrieb, während Albert ihr seine Jacke um die Schultern legte. Am Ende hatte sie acht Zettel auf dem Schoß, die sie ineinander legte und so klein faltete, wie es nur ging. Sie warf sie hinein, und dann stand sie auf, die große Jacke über den Schultern und mit glänzendem Gesicht. Wir warteten wieder, niemand traute sich, den ersten Schritt oder die erste Bewegung zu machen, aber dann ging sie einfach los, an den Nachbargräbern vorbei, immer darauf bedacht, keine Pflanzen zu zertreten, auf dem kleinen Trampelpfad zu bleiben, der zwischen den Parzellen hindurch zum großen Weg führte. Als der Weg wieder breiter wurde, legte Vince den Arm um meine Schulter. Draußen vor dem Tor standen noch ein paar Trauergäste, die aufhörten zu reden, als Lene kam. Die verschämt auf den Boden sahen. Als Lene die Stille bemerkte, hob sie ihren Kopf wieder. Sie hob ihn, drehte sich zu uns um und winkte uns heran. »Wir fahren jetzt nach Hause«, sagte sie. Friedrich, der schon vor einer Weile vorausgegangen war, wartete im Wagen.

Der Hausflur erinnerte mich an den meiner Großtante, die am anderen Ende der Stadt wohnte. Wir waren nicht oft dort gewesen, aber wenn, dann ging ich immer besonders langsam die Treppen hinauf und ließ dabei meine Hand auf dem gummiartigen, roten Geländer liegen, sodass ich beim Hinaufgehen das Gefühl hatte, an der eigenen Hand unbeteiligt vorüberzugehen, bis ich sie hinter mir her zog und vor mir wieder ablegte. Wenn es ganz ruhig war, konnte man hören, wie sich die Haut von der Plastikoberfläche löste. Die Stufen waren viel flacher als die bei uns in den Häusern im Zentrum, die Bodenplatten waren aus marmoriertem Stein und strahlten im Sommer ganz kühl, sodass ich mich manchmal, wenn es drinnen am Kaffeetisch und bei den Gesprächen der Erwachsenen langweilig wurde, in den Hausflur verzog, auf den Treppen saß und durch das große Fenster auf dem Treppenabsatz zwischen zwei Etagen schaute. Manchmal reflektierten die großen Flächen der Plattenbauten das Licht so, dass es mich blendete. Und irgendwann kam jemand und rief mich herein.

An diesem Tag rief uns niemand. Eine Tür stand offen, im Flur roch es nach Essen, es klirrte Geschirr, man hörte Menschen leise reden. Friedrich war nicht mit nach oben gekommen. Wir hatten uns am Auto verabschiedet, ohne uns anzusehen. Und ich wusste, dass ich ihn nur hätte fragen müssen, ob er mitkommt. Aber manche Dinge sollte man von allein tun. Nach manchen Dingen sollte man nicht fragen müssen. »Ich ruf dich an«, sagte er, und ich nickte in Richtung Bordsteinkante. Neben uns hielt gerade wieder ein Auto, aus dem dunkel gekleidete Menschen stiegen. Dann verschwanden wir im Hausflur.

Und nun standen wir in der Wohnung von Tims Eltern, ein bisschen unbeholfen. Mir war, als würde es nach Chlor riechen zwischen der Bratensoße und dem Kaffee. Auf der Anrichte vor dem Spiegel stand eine geblümte Schachtel mit Taschentüchern. Niemand hatte sie angerührt, die Plastikfolie war noch unangetastet. Vom Flur gingen mehrere Türen ab, in ein paar Zimmern standen Menschen. Die Männer hatten ihre Jacken ausgezogen, die Frauen fächelten sich Luft zu. Im Zimmer neben der Garderobe stand niemand. Durch das Fenster am hinteren Ende konnte man in die Krone eines Baumes sehen. Auf dem gemachten Bett lagen ein paar zusammengelegte Sachen, davor standen drei Umzugskisten mit aufgeklappten Deckeln. Über dem Schreibtisch eine Pinnwand mit Basketballkarten und Zetteln. Und als ich die Weltkarte über dem Bett hängen sah, erschrak ich kurz. Es war Tims altes Kinderzimmer. Lene kam mit zwei Tellern Salat aus der Küche, drückte mir einen davon in die Hand und vermied den Blick in den stillen Raum mit dem Baum vor dem Fenster. »Ich war noch nicht drin«, sagte sie auf dem Weg ins Wohnzimmer. Wir standen dann auf dem Balkon und sahen auf die Linde, die man auch vom Zimmer nebenan sehen konnte. Lene spießte eine Cocktailtomate auf ihre Gabel und steckte sie in den Mund. Es hatte aufgehört zu regnen, die Luft war frischer jetzt. Immer wieder umrundeten ein paar Menschen in dunklen Anzügen und Kleidern die Pfützen vor dem Haus. Hin und wieder kam jemand und legte Lene eine Hand auf die Schulter zum Abschied. »Ich kenne fast niemanden«, sagte sie und wischte mit der Fingerkuppe Salatsoße vom Rand des Tellers. »Aber alle kennen mich.«

Zwei Stunden saßen wir auf dem großen Sofa, Lene in unserer Mitte, Vince und ich daneben. Wir stocherten im Essen herum, das Tims Mutter vor uns abstellte. Darin hatte sie ihre Aufgabe gefunden für diesen Nachmittag. Sie trug Schüsseln und Töpfe herum, räumte unermüdlich den Geschirrspüler ein und aus, während Tims Vater einfach nur auf dem Balkon stand, egal, ob es gerade regnete oder nicht. Er stand dort in seinem weißen Hemd und schaute hinunter und sein Nacken machte Falten. Neben ihm stand unangetastet ein Teller mit Bratenfleisch und Kartoffeln. Einmal schnäuzte er sich und legte das Taschentuch unachtsam und ohne hinzuschauen direkt in die Soße. Die Wohnung leerte sich, und plötzlich stand Lene auf, atmete einmal tief durch und ging aus dem Zimmer. Nebenan wurde eine Tür geschlossen. Mein Herz klopfte. Wir warteten, ich weiß nicht, wie lange, bis Vince irgendwann ebenfalls aufstand und mir winkte, ihm zu folgen. Ich war es dann, die an Tims Zimmertür klopfte und sie langsam öffnete. Lene saß auf dem Bett, die rechte Hand lag auf den zusammengelegten Kleidungsstücken, die andere in ihrem Schoß. Sie saß dort nur und hatte nasse Wangen. »Ich glaube, ich kann nichts mitnehmen«, sagte sie. »Ich kann mir nichts aussuchen, keine kleine Sache, keinen Pullover. Zuhause hab ich noch ein paar T-Shirts von ihm, eins ist in der Wäsche, das weiß ich. Ich hab seine Zahnbürste und ein paar Bücher und ein Deo von ihm und den Schlüssel zu seiner Wohnung.« Sie schloss die Augen und fiel nach hinten aufs Bett. »Aber was soll ich denn mitnehmen, wie soll ich denn entscheiden, was es wert ist, mitgenommen zu werden, und was nicht. Was ist, wenn ich etwas mitnehme und es das Falsche war?« – »Du hast noch Zeit«, sagte Vince und öffnete das Fenster. »Ja, das hab ich auch gedacht«, flüsterte Lene, richtete sich wieder auf und klappte die Deckel der Kartons zu.

Die Sonne schien durch die Blätter der Linde, als wir uns verabschiedeten. Auf dem Tisch im Wohnzimmer standen noch ein paar Teller mit Resten, und Tims Mutter hielt eine leere Schüssel im Arm, während sie langsam durch die Zimmer schritt, als suche sie jemanden, als wolle sie schauen, ob sie auch niemanden vergessen hatten, ob wirklich alle gegangen waren. Sie trug die Schüssel wie ein Baby, bis ihr Mann kam und sie ihr abnahm, bis er ihre Finger von dem Porzellan löste und die Schüssel in die Küche brachte. Albert hatte die Musik ausgemacht, für einen Moment standen wir alle nur so da und sahen einander an. Tims Mutter wischte sich mit den Handgelenken Schweiß aus der Stirn, draußen fuhren Autos vorbei, Kinder lachten. Tims Mutter weinte, als wir die Treppen hinunter gingen und Albert die Tür schloss, wir hörten sie noch ein Stockwerk tiefer und dann irgendwann nicht mehr. Im Rinnstein floss das Wasser bergab, auf den Blättern der Büsche neben dem Bürgersteig lagen dicke Tropfen. Lene ging wieder zwischen uns, wir machten unsere Schritte langsam und versuchten, nicht auf die Linien der Gehwegplatten zu treten. »Bist du müde?«, fragte ich sie, ihr Unterarm an meinem. »Ja«, sagte sie. »Sollen wir dich zu deinen Eltern bringen?«, fragte Vince hinterher. »Nein«, sagte Lene – und ich fragte mich, wieso ich sie eigentlich nicht auf der Beerdigung gesehen hatte, wieso Lene dort allein hingekommen war. »Die warten bestimmt schon«, sagte sie, »aber ich komme erst später.« Und sie klang, als sei das ein großer Schritt, auch wenn es nur ein kleiner Versuch war, ein Stück Kontrolle zu behalten, irgendetwas selbst zu bestimmen. Sie war unruhig, sie schaute sich ständig um, als fühlte sie sich beobachtet, manchmal stockte sie kurz im Gehen oder kramte in ihren Haaren. Aber das war nicht sie selbst, das war jemand anders, der diese Unruhe machte, jemand, der dünne, durchsichtige Fäden an ihre Arme gebunden hatte und daran zog.

Vince kaufte Getränke am Bahnhofskiosk, wir stiegen in die S-Bahn und fuhren zurück. Als wir am Treptower Park ausstiegen, blieb Lene kurz an der Bahnsteigkante stehen, wo man auf den Fluss und den Kirchturm sehen kann. Die Sonne kam eben wieder hinter einer dicken Wolke hervor, die Spree sah aus, als würde sie dampfen und glitzern zugleich. Wir mussten noch durch die Unterführung, es stank, und als wir wieder hervorkamen, begannen die Kirchenglocken hinter den Bäumen am anderen Ufer zu läuten. Wir folgten dem asphaltierten Weg durch den Park und waren fast allein nach dem Regen. Ein Jogger kam uns entgegen, von irgendwoher roch es nach Vanille. Die vorbeirasenden Autos auf der großen Straße hörte man kaum, und die Schwäne drückten sich an den Böschungen herum. Die Tischtennisplatte sah ein bisschen verloren aus, denn niemand lag auf der Wiese daneben. »Neulich habe ich einen Kapitän gesehen«, sagte Lene, als wir die zweite Anlegestelle hinter der Brücke erreichten. »Ein alter Mann mit einem weißen Bart wie ein Weihnachtsmann im Sommer, er stand am Heidelberger Platz auf der Treppe zwischen S- und U-Bahn. Ich kam von der Uni und mit mir noch tausend andere und er sah so hilflos aus zwischen diesen Menschenmassen und bewegte sich nicht. Er wurde herumgeschoben, weil er nicht wusste, wohin. Ein paar beschwerten sich über ihn, weil er keine Anstalten machte, sich für eine Richtung zu entscheiden, er sah ernsthaft so aus, als habe er Angst, die falsche zu wählen. Und ich war kurz davor, ihn zu fragen, ob ich ihm helfen könne. Denn der hatte irgendwie das Schiff noch unter den Füßen, der hatte ja sogar eine Kapitänsmütze auf dem Kopf, so eine blaue mit Schirm. Und der Bahnhof bewegt sich ja nicht wie ein Schiff, da hat er geschwankt. Das passiert doch, wenn man so lange auf See war und dann wieder Festland betritt. Du gehörst nicht hierher, habe ich gedacht. Und dann kam meine Bahn.«

18

Wir haben gelernt, uns mit vielem abzufinden, das ist unromantisch genug. Der Verlust klebt an den Füßen wie Blasen, gegen die wir uns Einlegesohlen kaufen. Wir schmirgeln unsere Haut ab, damit sie glatt und weich wird, und kaufen Schuhe mit Fußbett und eine Nummer zu groß. Und es hilft. Es hilft am Ende ja doch und wir werfen uns das langsame Verblassen des Schmerzes vor, wir fühlen uns schuldig, weil zwar nicht der Tag kommt, an dem du sagst: Heute halte ich es aus. Aber es kommt der Tag, an dem du nicht als erstes an den Schmerz denkst. Und manch einer wirft es sich vor, wenn er sich wieder gut fühlt. Manch einer glaubt nicht mehr daran, glücklich zu werden, und wenn es dann doch passiert, kann es sein, dass er es mit Absicht übersieht. Und manch anderer wird es vielleicht nie los, auch wenn er dachte, er sei längst darüber hinweg. Dann fährt es ihm kalt zwischen die Rippen.

Man konnte im Hausflur unseren Atem sehen an dem Morgen, als wir Lene zum Flughafen brachten. Mein Magen tat weh. Der Weg zu Lene schien ewig, die Kiesel knirschten unter unseren Füßen. Und manchmal verrutschte ein Schritt auf dem über Nacht vereisten Bürgersteig. Vince legte seinen Arm um meine Hüfte, als der Bäcker an der Ecke gerade die Jalousien nach oben ließ, die Tür öffnete und frischer Brötchenduft zu uns nach draußen strömte. Kaum jemand war unterwegs an diesem Dezembermorgen. Und schon in zwei Tagen würde man von all dem nichts mehr wissen, würden alle jubeln und schreien und knallen und sich in allem übertreffen wollen. Irgendwie hilft der Jahreswechsel doch, man hat ein bisschen das Gefühl, noch einmal anfangen zu dürfen, in eine neue Klasse zu kommen. Man macht sauber, man ruft jemanden an, den man lange nicht gesprochen hat, oder wird selbst angerufen, bekommt eine SMS und schüttelt den Kopf und denkt ein paar Minuten darüber nach.

Lene hatte am Morgen angerufen, damit wir nicht verschlafen. Beim Zurückschlagen der Bettdecke war die Luft kalt gewesen. Manchmal leuchteten Autoscheinwerfer uns mitten ins Gesicht, der Rest war still und dunkel. Mein linkes Hosenbein wurde ganz warm von der Heizung unter dem Sitz in der Straßenbahn. Es war seltsam zu wissen, dass es wahrscheinlich die richtige Entscheidung war, die Lene da getroffen hatte, ein neues Land und neue Menschen, eine völlig neue Umgebung zu einem neuen Jahr. In meinem anderen Hosenbein jedoch saß das Gefühl, nur noch zu ihrem alten Leben zu gehören, in dieser Stadt gelassen zu werden, die Angst, sie vielleicht zu verlieren und dennoch nicht aufzuschreien deswegen oder mit dem Fuß auf den Boden zu stampfen. Zum ersten Mal war jemand wichtiger als ich. Und so gern ich sie in mein Bett gesetzt, ihr ein Nest gebaut oder sie einfach gebeten hätte zu bleiben, ich hätte es nie gewagt.

Nebel hing zwischen den Häusern, im Schein der Laterne atmete Vince weiße Schwaden in die Nacht. »Noch riecht es nicht nach Heizung, merkst du das?«, fragte er, um irgendetwas zu sagen, glaube ich. »Nachts drehen die meisten runter und lüften vor dem Schlafengehen. Auch im Winter.« Ich nickte nur, und er nahm mich an der Hand, ein bisschen musste er mich ziehen, damit wir nicht zu spät kamen. Am liebsten hätte ich einen Schneesturm bestellt, eine Krankheit vorgetäuscht. Aber die Nacht war ein zugeknöpfter Mantel und der Himmel klar wie lange nicht, von Schnee keine Spur, und ich hatte nicht einmal Schnupfen. Vince schloss die Haustür auf, ein Bus fuhr hinter uns vorbei und einen Moment lang dachte ich, er käme gleich von der Fahrbahn ab und auf uns zugerollt, so laut donnerte es in den Ohren. Ich schleppte mich die Treppe hinauf, immer eine halbe Etage hinter Vince. Und ich hörte, wie Lene ihm mit dem Öffnen der Tür von innen zuvorkam. Sie hatte Tee gemacht und grinste uns an, und mir war so gar nicht nach Grinsen zumute, ich kämmte mir den Pony in die Stirn. Im Flur stand ein geöffneter Koffer, überall lagen Wäschestücke herum und Stadtpläne und Bücher, einzelne Schuhe und Tablettenschachteln, ein paar Tropfen und Strümpfe. »In einer halben Stunde müssen wir los«, rief Vince aus seinem

Zimmer, wo er die Jacke ablegte und Musik anmachte. Als er wiederkam, zog er mir die Jacke aus und hängte sie an den Haken. Ich hockte mich zwischen Lenes Sachen, während sie immer wieder an mir vorbeilief und etwas in den Koffer warf, das ich daraufhin noch einmal in die Hand nahm, gegebenenfalls faltete und ordentlich hinein legte. Vince fragte nach irgendeiner Liste, und Lene rannte ihm mit einem zerknitternden Zettel in der Hand entgegen. Gemeinsam gingen sie kurz ein paar Dinge durch, er prüfte noch einmal ihre Dokumente und ihr Ticket, und ich schaute ihn an und mochte es, wie er mit den Händen durch die Papiere fuhr und manchmal beim Lesen eine Zeile mit der Fingerspitze nachzog. Dann erst fiel mir auf, dass Lene noch ihren Schlafanzug trug und dicke Wollsocken. In ihrer übergroßen Strickjacke und mit wirren Haaren wurde ihr dann bewusst, dass eine halbe Stunde nur dreißig Minuten waren, und sie verschwand panisch im Bad. Vince lächelte in sich hinein, schüttelte den Kopf und begann, hier und da ein paar Dinge vom Boden aufzuheben und in den Koffer zu legen.

Wir schafften es. Wir wuchteten die Reisetasche und den Koffer die Treppe hinunter. Langsam kroch dunkelblaue Helligkeit die Häuserwände hinauf, und als Vince die Sachen im Kofferraum von Lenes Wagen verstaute, verschwand sie noch einmal kurz hinter einer Häuserecke und kam mit einer Brötchentüte und Kaffee in Bechern zurück. »Schön sind die nicht«, meinte sie und schaute ernst auf die Becher. »Aber sie erfüllen ihren Zweck als vorläufigen Reiseproviant.« Und wie ein halbes Jahr zuvor nahmen Lene und ich auf der Rückbank ihres Wagens Platz, und Vince setzte sich hinter das Steuer. Nervös klopften ihre Finger auf ihrem Oberschenkel herum. Sie sah mich nicht an, schaute nur aus dem Fenster und es war okay, das war ihr Abschied. Als sie trank, behielt sie den Becher noch eine Weile am Mund, als habe sie vergessen, die Bewegung zu Ende zu bringen, als sei sie mitten im Schluck zum Stehen gekommen. Sie sah aus, als wäre sie schon längst nicht mehr in der Stadt.

Am Flughafen dann wollte sie unbedingt noch Kaugummi kaufen, ließ den Koffer neben uns stehen und verschwand hektisch zwischen den Regalen. Für den frühen Morgen war schon viel los in dem kleinen Tegeler Rondell. Familien kehrten zurück in ihre Einfamilienhäuser am Rande der Stadt, Jugendliche fuhren in den Ski-Urlaub, und nur ganz wenige waren allein unterwegs und ohne Begleitung. Das Rollkoffergeräusch auf den Bodenplatten war permanent. Ein älterer Herr stand auf seinen Fersen kippelnd vor einer Fensterscheibe und schaute den Flugzeugen beim Starten und Landen zu. Die Hände hatte er hinter dem Rücken verschränkt, den Kopf schief gelegt, sein Trenchcoat hing wie auf einem Kleiderbügel von seinem Rücken, ohne erahnbaren Körper darunter. Es schien, als sei sein schmaler, spärlich behaarter Kopf oben auf den Haken des Bügels geschraubt worden und die Beine hingen an losen Schnüren herab. Er sah nicht aus, als warte er auf jemanden.

»Terminal 18!«, hechelte Lene und sauste davon. Vince zog mich und den Koffer hinterher, Lene hatte die Reisetasche wie einen erlegten Bären über die Schulter geworfen.

Dann wurden ihr Aufkleber um die Henkel geklebt, sie zeigte ihren Ausweis und bezahlte die Gebühr für das Übergepäck. Ich wartete draußen vor den großen Scheiben, wo die Taxis hielten. Und als sie drinnen fertig war, kam sie mit Vince heraus und schlang ihre Arme um meinen Bauch, und dann ging die Sonne auf irgendwo anders, und das Licht legte sich rosa auf das Flachdach des Flughafengebäudes. Ich heulte nicht, ich hielt sie nur fest und mein Flüstern vermischte sich mit ihrem, aber es war egal, weil sie danach hinter dieser Glasscheibe verschwinden und eine Weile nicht zurückkommen würde. Wir sahen noch ihren Rücken, als sie ihre Schuhe ausziehen musste, dann tauchte sie ab und verschwand hinter dem Milchglas. Von der Besucherplattform oben auf dem Dach sah ich allen Flugzeugen hinterher, weil ich nicht wusste, welches ihres war.

Auf der Rückfahrt saß ich vorne und schaltete das Radio ein. Der Himmel war so blau, wie er im Sommer nicht sein konnte. Ein Wort, und ich wäre in Tränen ausgebrochen. Wenn sie nicht schalten musste, lag die Hand von Vince auf meinem Knie. »Wo willst du hin?«, fragte er leise an einer roten Ampel. »Zu euch – also zu dir …«, antwortete ich nach kurzem Zögern. Dann stand ich zwischen den Kisten und Kartons in Lenes Zimmer, zwischen blauen Müllsäcken und dem Kaktus auf dem Fensterbrett. Im Januar würde hier ein polnischer Student einziehen, am nächsten Tag sollten Lenes Eltern mit dem Kleinbus kommen, um die restlichen Sachen abzuholen. Am Flughafen wollte Lene sie nicht dabei haben, aber in zwei Tagen würden sie zu ihr fliegen. Ankommen wollte sie allein. Das Wetter vor dem Fenster lud zum Spazierengehen ein, zu bedächtigen Schritten am Ufer eines zugefrorenen Sees. Beinahe hörte ich das leise Knacken der sich im kalten Wind biegenden, brechenden Äste. Ich setzte mich in die Ecke am Fenster hinter drei Kisten und eine prall gefüllte Reisetasche. In der Küche klapperte Vince mit Geschirr, es duftete nach Tee. Der Reißverschluss wehrte sich ein wenig, ich bekam ihn erst auf, als ich beide Hände benutzte. Die Tasche war bis oben hin voll mit Büchern, ich fand auch eines, das ich Lene mal geschenkt hatte. Jetzt wollte sie nur noch spanische Bücher lesen, sie meinte, sonst bekäme sie das nie hin mit der neuen Sprache. Die alten blieben also in Berlin. »Das kann man abends im Bett machen, um wunderbar schnell einzuschlafen, weil man kein Wort versteht«, hatte sie gesagt. In ein Buch hatte Tim eine Widmung geschrieben, auch das hatte sie hier gelassen. Ihre Eltern würden kommen, die Taschen und Kartons holen, sie in die Garage stellen und mit Plastikfolie abdecken. Irgendwann dann würde sie wiederkommen, Sachen in die Hand nehmen und aussortieren, mitnehmen und vielleicht wegwerfen, einschließen und vergessen. Dass Vince das Zimmer betreten hatte, merkte ich erst, als er sich vor mir hinkniete und seinen Kopf an meine Stirn lehnte. Dann gingen wir zum Fluss, hörten von fern die Glocken und spuckten von der Brücke aus auf die Schollen. Die Dampfer lagen eingefroren und unbeweglich am Ufer. Schwarze Figuren fütterten behäbig die Schwäne, dort, wo der Weg die erste Biegung macht. Auf der Tischtennisplatte lag Schnee.

Ich liebe dich. Morgens, mittags, abends, nachts, vormittags, nachmittags, kurz nach zwölf, viel zu spät, beim Aufwachen, zwischendurch in den Pausen und wenn alles mal wieder zu lange dauert. Ich liebe dich, wenn ich höre, wie du ins Bad gehst, um dir den Bauch zu fönen, weil die Kälte von draußen nicht nur Eisblumen an den Fensterscheiben macht. Und ich liebe dich, wenn du sie so lange anhauchst, bis sie gehen, damit du sehen kannst, wie das Wetter wirklich ist. Wenn du dann mit warmem Bauch wieder zurück ins Bett kommst, dann liebe ich dich. Auch wenn du am Abend klingelst und ich an deinem Atem beim Treppensteigen erkennen kann, was du den Tag über gemacht hast und wer dich anstrengt und dass es nicht nur ich bin, aber auch. Und wenn du mir die Hand auf den Kopf legst, weil ich kein Ende finde, dann liebe ich dich, weil ich nie ein Ende finde und du dann allem ein Ende machst mit deiner Hand, dem Streit und dem Überschwang; und ich liebe dich sogar, wenn du gehst. Denn wenn du gehst, dann ist das immer noch so, dann geht das nicht weg, was ich immer zu dir sage und was du zu mir sagst, denn auch wenn du schon am S-Bahnhof bist oder in einem anderen Land, ist es immer noch bei mir und drückt kleine Falten in den Kissenbezug.

Ich danke meiner Mama, Nicolas, Carmina & Lars, Jörn, Karsten, meiner Familie, William Fitzsimmons und Robert. Für alles.

Elisabeth Rank

François Bégaudeau

Die Klasse

Roman
Aus dem Französischen von
Katja Buchholz und Brigitte Große
suhrkamp nova
st 4031. 232 Seiten

François ist Lehrer in einem typischen Problembezirk im Nordosten von Paris. Seine Schüler heißen Khoumba, Dico oder Souleymane. Angesagte Klamotten, der Afrika-Cup oder das Coolsein an sich sind ihnen allemal wichtiger als der Unterricht oder die französische Sprache. Doch auch die Lehrer passen sich ihrer Umgebung an, François' Methoden sind einigermaßen extravagant, und mehr als einmal muß er sich fragen, wer hier wem eine Lektion fürs Leben erteilt. Mit einer gehörigen Portion Sarkasmus erzählt François Bégaudeau eine rasante Geschichte von Schülern, für die Respekt eine Frage des aggressiven Auftretens ist, und Lehrern, die weder ihre Schüler noch den Kopierer disziplinieren können.

»Ein Nouveau Roman im Schulmilieu, pur und packend.«
Sibylle Mulot, Spiegel online

NF 925/1/1.09

Marie Hermanson

Pilze für Madeleine

Roman
Aus dem Schwedischen von Regine Elsässer
suhrkamp nova. st 4075. 164 Seiten

Drachenpilz, Wolfsblut, Fliegenpilz, Stinkmorchel: Wenn der »Pilzkönig« Holger Haglund seine legendären Seminare abhält, liegen ihm die Frauen zu Füßen. Auch die reiche, welterfahrene Schloßbesitzerin Madeleine erliegt seinem Charme. Sehr zum Leidwesen seines Sohnes, der zeitlebens im Schatten seines Vaters stand. Als die Liebe zwischen Holger und Madeleine abzukühlen droht, faßt Holger einen heimtückischen Plan.
Was, wenn Vater und Sohn die gleiche Frau lieben? Und giftige Pilze im Spiel sind? In *Pilze für Madeleine* meistert Marie Hermanson aufs neue den Spagat zwischen schauriger Spannung, absurder Tragödie und zärtlich-ernsthafter Liebesgeschichte. Ein modernes Märchen für Erwachsene – Happy-End inbegriffen.

»Rätselhaft, unglückverheißend, humorvoll.«
Helsingborg Dagstidning

NF 944/1/5.09

Rose Tremain

Der weite Weg nach Hause

Roman
Aus dem Englischen von Christel Dormagen
st 4120. 490 Seiten

Lev ist ein Glückssucher: Aus seinem osteuropäischen Dorf ist er nach London aufgebrochen, um seiner Familie ein besseres Leben zu ermöglichen. Die Stadt ist ihm fremd – der Rhythmus des Lebens, die Sprache, die Ambitionen der Menschen. In seiner Einsamkeit denkt er zurück an seine geliebte, jung verstorbene Frau Marina, an seine kleine Tochter Maya und an die verrückten Erlebnisse mit seinem besten Freund Rudi. Doch Lev ist entschlossen, sich eine Zukunft zu erkämpfen: Er entdeckt ein ungeahntes Talent, er findet Freunde und sogar eine neue Liebe, er schickt Geld nach Hause. Und als ihn von dort schlechte Nachrichten erreichen, hat er eine große, eine abenteuerliche Idee.
Der neue, preisgekrönte Roman von Rose Tremain ist eine bewegende Geschichte über das Gefühl der Entwurzelung in der Welt von heute. Kraftvoll und klar, voller Menschlichkeit, Herzenswärme und befreiendem Humor erzählt Tremain von einem, der akzeptieren muss, dass bei jedem Aufbruch etwas zurückbleibt.

»Wild und wunderschön und voller Wehmut.«
Sunday Herald

»Ein großmütiges, warmherziges Buch mit einem wunderbar unkalkulierten, unvorhersehbaren Happy End.«
Sunday Telegraph

NF 967/1/9.09